我在新疆这些年丛书

亲历:
我在新疆创业

鲁焰 著

新疆美术摄影出版社
新疆电子音像出版社

图书在版编目(CIP)数据

亲历. 我在新疆创业 / 鲁焰著. -- 乌鲁木齐：新疆美术摄影出版社：新疆电子音像出版社，2015.8
（我在新疆这些年丛书）
ISBN 978-7-5469-7009-7

Ⅰ.①亲… Ⅱ.①鲁… Ⅲ.①报告文学 - 作品集 - 中国 - 当代 Ⅳ.①I217.1

中国版本图书馆 CIP 数据核字(2015)第 196838 号

责任编辑：刘 彤	责任复审：王英强
责任校对：刘 彤	责任决审：李贵春
封面设计：李瑞芳	责任印制：刘伟煜

丛 书 名	我在新疆这些年
书 名	亲历：我在新疆创业
著 者	鲁 焰
出 版	新疆美术摄影出版社 新疆电子音像出版社（www.xjdzyx.com）
地 址	乌鲁木齐市经济技术开发区科技园路 5 号（邮编 830026）
发 行	全国新华书店
网 购	当当网、京东商城、亚马逊、淘宝网、天猫、读读网、淘宝网•新疆旅游书店
制 版	新疆读读精品网络出版有限公司数字印务中心
印 刷	新疆新华华龙印务有限责任公司
开 本	880 mm×1 230 mm 1/32
印 张	7.125
字 数	126 千字
版 次	2015 年 8 月第 1 版
印 次	2016 年 4 月第 2 次印刷
书 号	ISBN 978-7-5469-7009-7
定 价	29.80 元

| 网络出版 | 读读网（http://www.dudu-book365.com） |
| 网络书店 | 淘宝网•新疆旅游书店（http://shop67841187.taobao.com） |

目　录

梦想飞起来 / 1
一位中医专家的交响乐梦 / 11
一位新疆"老外"的义务讲学之路 / 19
民营企业家与他的哈萨克族孩子们 / 33
新疆建筑群落里的风景 / 47
一位国际钢琴家的故乡情怀 / 55
村官刘刚的民生情怀 / 60
村支书买提沙乌尔的胸怀 / 63
杏农吐尔逊的梦想 / 66
米吉提的人生追求 / 68
阿卜杜吾普尔：选择创业做大事业 / 70
下岗职工成了种植大户 / 72
人生路上，我们相互温暖 / 74
向左走，还是向右走 / 82
一所学校，梦想如歌 / 94
"新疆妈妈"的爱心旅程 / 105
一位驻村女干部的视野 / 114
卖酸奶的哈萨克族女人 / 121
一起拍电影去 / 124

在新疆快乐生活 / 138

"定居":开在牧民心坎的幸福花朵 / 145

新疆务工姑娘的绚丽人生 / 157

库车老人吾斯曼的创业经历 / 162

开出万亩绿地造福乡村百姓 / 165

吐洪江:在多彩的土壤里培植多彩的梦想 / 169

观念转变改写新疆姑娘人生走向 / 173

《出彩新疆人》刘亮程:他的梦想在村庄里起飞和落脚 / 177

辽宁舰上的新疆女兵 / 182

一位新物种命名人的野外生涯 / 190

拜城模式能否引领新疆细羊毛产业崛起 / 200

为梦想出发

——新疆农民工东莞务工系列报道之一 / 205

共同书写精彩的一页

——新疆农民工东莞务工系列报道之二 / 208

一种可喜的开放式格局

——新疆农民工东莞务工系列报道之三 / 212

张智:一直沿着梦想的轨迹行走 / 217

梦想飞起来

自己造飞机,在30年前的中国,无异于天方夜谭……

他的网名叫"山鹰"。亲手造一架飞机,与它一起飞上蓝天,是他的梦想。

这个梦想,从八九岁时起,萦绕他多年而始终不渝。

梦想萌发的那一年,是1978年。梦想实现的日子,恰巧是2008年。

如今,旋翼机造好了,可以在三四千米的高空自在飞行。红色的机身,艳丽,轻巧,落落大方,十分抢眼。

当他驾驶自己亲手设计制造的飞机飞起来的时候,心里想了些什么呢?

10月15日,一个晴朗的日子,我与刘洪波相见,了解了许多关于他和他的朋友造飞机的故事,新鲜,有趣,也包含了人生百味。

一个念头在他的脑海里牢牢地定了格

当他从窗户反射而来的阳光里走过来的时候,刚从黑暗的过道里出来的我一时难以适应这么强的光线,我看不清他的脸,只是随着他坚定的脚步走向他的办公室。乃至与他面对面交谈的时候,我发现他不像经营健身器材的掌门人,倒更像一个认真而专注的工程师。其实他的兴趣,就是在这些机械上:汽车、船、飞机、健身器,都是他热衷的话题,他都制造和生产过。

"我很小就有飞翔的梦想。"刘洪波说起他造飞机的事儿,表情沉静,仿佛一切都在他的预料之中。

他父亲曾经是海军航空兵,虽然由于身体原因未能参加飞行,但对于飞行十分向往。做父亲的可能没想到,他当年订阅的《航空知识》会对年幼的儿子产生那么大的影响。父亲可能更没想到的是,他的飞翔之梦将由儿子来实现。那是1978年,八九岁的刘洪波只要一做完作业,就捧着《航空知识》看啊看。一则有关国外航空新技术动态的报道更是让他着迷:旋翼机!虽然当时的杂志是黑白印刷,旋翼机并不起眼,但他像是着了魔似的,旋翼机的原理、手绘图纸,他看了一遍又一遍。

一个念头在他的脑海里牢牢地定了格:我要自己造一架这样的飞机!

这个念头一产生,他兴奋得睡不着觉。

为什么旋翼机对一个小小少年会产生如此强烈的吸引力呢?他渴望有朝一日像鹰一样自由自在地飞翔,这就是答案。

30年了,飞上蓝天的景象已经数不清有多少次在他的梦中出现。

高考,他的第一志愿就是北京航空学院。未能如愿,他后来走进了西安公路学院,攻读的是汽车专业,还是循着心中的梦想而去。

可是,要让一堆重达一百多公斤的金属飞上天空,谈何容易。需要付出的,不仅是时间、精力和财力,还得要冒不可预知的风险。刘洪波大学一毕业,就琢磨造飞机的事儿,被父母阻止了。刘洪波听从了,父母担心的心情情有可原。

如今,人到中年,他忽然觉得,这个对于自己而言如此重要又如此美丽的梦想,不能就这样随着时光的消逝而消逝。否则,将是他终身的憾事。

他决定了,重拾梦想,动手造一架飞机:旋翼机。

一旦决定了的事,刘洪波就会义无反顾地去做。家人知道他的脾气,从默许到支持。

开着花花绿绿的敞篷车出去疯玩

二十世纪九十年代初,还是技术员的刘洪波,很想做一些自己感兴趣的事情。不能造飞机,就造一辆车吧!

他的理念十分明确:制造一辆城市观光旅游车。说动手就动手,他自己设计、制作了一辆敞篷车,手工"砸"出来的车身长长的,有18个座位,一迈脚就能上去,车厢涂得花花绿绿的,一开出去,就出尽了风头。

他开着这辆时速40米的敞篷车,拉着老婆孩子和一大群朋友,出去疯玩。

二道桥、安宁渠、水磨沟……乌鲁木齐周边的地方玩得不过瘾,他又带着老婆孩子驶向更远的吐鲁番、库尔勒。

一路上,他的车成为最亮丽的风景,广受人们的喜爱。收费站不收费,风景区也免收门票。更不可思议的是,旅游中巴车上的游客甚至纷纷跳下车,过来询问:

"到哪儿去?"

"吐鲁番。"刘洪波答。

"噢,带上我们吧!"

十几号男男女女爬上了这辆奇异的敞篷车,一路欢歌,一路笑语,兴奋得不得了。

在吐鲁番,刘洪波的敞篷车引起了不小的轰动。并且,遇到了一件十分有意思的事情:一位老人拦住了车,东摸摸,西瞧瞧,喜欢的不得了,非要上来。他坐在车上,成了刘洪波的"导游",去葡萄沟,到交河故城,转遍了吐鲁番所有的景区,让刘洪波他们过足了瘾。

大半天过去了,老人的兴致依然颇高,他要请刘洪波吃饭,还要订购六辆这样的敞篷车。席间,老人的随行人员告诉刘洪波,这位老人是当时的吐鲁番行署秘书长。

刘洪波的敞篷车引来社会的青睐,其他一些景区也纷纷要求订购。那时候,一身书生气的刘洪波,还并不很清楚如何将敞篷车列入商业运作。他的这一杰作,拿他朋友的话来说,就是"花钱造了一个大玩具"。

尽管如此,彩色敞篷车的制造成功,在刘洪波的成长史上却是一个不可或缺的注脚,经验的积累为他以后造飞机做好了铺垫。并且,时至今日,水磨沟等景区还在使用他造的这种敞篷车。

"随着城市的发展、旅游业的兴旺,这种敞篷车应该是非常看好的,你为什么不做了呢?"我好奇地问。

"事儿要一件件地做,把一件事情做好了,才能谈得上去做另一件事。"如今已经辞职并创办自己的健身器材制造公司的刘洪波,运筹帷幄之时,非常谨慎。他现在思谋是,如何使旋翼机更加完善。

为什么钟情于旋翼机

飞机有多种类型,刘洪波为什么钟情于旋翼机呢?

"造一架旋翼机是我童年的梦想,旋翼机也更加安全,驾驶更简便,更易于普及。"刘洪波的想法很单纯。

"你造的旋翼机和30年前你在杂志上看到的,一样吗?"我问。

"原理基本一样,就是所用的发动机和材料比起那时候更加先进了。"

旋翼机,顾名思义,就是头顶上有一个和直升机一模一样的旋翼,在飞行中依靠旋翼的旋转产生升力。万一发动机出了故障,旋翼机可以像降落伞一样飘降,甚至可以自己选择降落地点。

去年12月,刘洪波开始着手设计和制图。在国外,旋翼机理论也是这两年才真正成熟,回首1978年,自己造飞机真好比天方夜谭,并不具备社会土壤。

即便是现在,听说他要自己造飞机,周围一些人同样很怀疑:

"自己造飞机,开什么玩笑?"

刘洪波感到很孤独。一天,他在网上忽然看到一个飞机半成品的照片,像在孤岛上遇见亲人一样欣喜:这个和他有着共同梦想的人是谁呢?刘洪波注意到旁边一个煤气罐上印有"乌市"的字样,兴奋异常。他立即给他留言:"你好,我也是一个对飞机痴迷的人,请尽快与我联系。"落款为山鹰,他还留下了自己的电话号码。

十几天过去了,没有音讯。

一天刘洪波开车行驶在路上,手机响了,他一接通,一个声音传来,语气急切:"你好,你是山鹰吗?"

刘洪波的心狂跳起来,马上意识到这一定是那个他要寻找的人:"你是哪位?"

"我是雪原孤鹰。"

"你是雪原孤鹰？真想不到能联系上,你在哪儿？我马上过去！"

刘洪波立即调转车头,直奔"雪原孤鹰"的住处。

这个网名叫"雪原孤鹰"的人,1990年造的一架传统固定翼飞机就能飞离地面了,多年来,他把自己的积蓄都花在造飞机上了。

能在同一座城市遇见怀有同样理想的人,两个人如逢知己,不再感到那么孤独了。他们相互诉说着造飞机的酸甜苦辣,交流技术,相互鼓励。他们深知从事这一行当必须顶住各种压力,树立恒心,而社会的理解、家人的支持,对于他们实现梦想是多么重要。

刘洪波以更加昂扬的斗志投入工作。一直以来,旋翼机的结构不知在他的脑海里浮现过多少次了,所以一旦动手去做,一切都像是瓜熟蒂落一样顺利。

旋翼机,旋翼机,刘洪波像着了魔一样,不是坐在电脑前设计、修改图纸,就是泡在车间里进行试验。每天工作十几个小时,甚至彻夜不眠。一个月,图纸就绘好了。

材料的耐疲劳强度、结构是否合理,牵扯到复杂的动力学、流体力学、空气动力学等方方面面的学科知识,这些他都要反复进行测试。飞机是很精细的,来不得半点疏漏。为了对比操控、结构、人机工程,他同时做了两架验证机,一架是仿制机,另一架是自主研发。

在制造飞机旋翼机的进程中,刘洪波通过一个叫xuanyi-ji@hotmail.com的中国旋翼机官方网站,结识了许多志同道合的"飞友",刘洪波他们的队伍逐渐壮大了。

一个叫马伟的飞友,在某大型国企任高级技师,在得知刘洪波在造旋翼机并要参加反恐装备展时,毅然请了一个月的假来乌鲁木齐加入到了制造旋翼机的行列。发动机是整架飞机的心脏,有着丰富实践经验的他通过夜以继日的努力,为飞机改装出了高效节能可靠的发动机,这两架验证机也凝聚了他的汗水和智慧。

刘洪波对尾翼、旋翼、座舱等部分进行反复测试,光图纸就修改了几十次,每个小零件他都绘有图纸,全套图纸加起来有几百张。根据图纸制造,参数更确切,更有把握,也为今后的生产流程提供了可靠的依据。

让它飞起来

今年8月底,在天山南麓的水西沟,天空晴朗。刘洪波他们造好的旋翼机就要在这里飞起来。那一天,风向、风速都很适宜旋翼机的飞行。

以前,刘洪波闭着眼睛无数次地想像过驾机飞行的过程,如今,当发动机轰鸣,旋翼飞速旋转,飞机腾空而起,带着他驶向湛蓝的天空,当他从天上俯视苍茫大地,仿佛真的变成了一只山鹰。

像鹰一样在天空翱翔,那是他重复了千百次的梦境。今天,这个梦想终于成真。

刘洪波的心里怎么能不激动呢?

他造的旋翼机长2.4米,宽1.5米,旋翼直径7.2米,最高时速每小时180公里,单次飞行距离最长可达300公里。在10月10日~12日的乌鲁木齐警用反恐技术装备博览会上,他的这两架旋翼机再度吸引了众人的目光,旋翼机周围总是围满了人。人们好奇地观赏着,询问着各种问题,当时的展会就是科普阵地,刘洪波他们不停地给观众解说——发动机、螺旋桨、操纵杆⋯⋯

一些观众甚至天天都去,流连忘返,最后也成了义务讲解员。

有个学生看了展览,不想上学了,想去造飞机,被刘洪波坚决制止了。他对这名学生说:必须首先要学好功课,打好扎实的理论功底,盲目地照猫画虎,是很危险的。

农牧区的人看了旋翼机,无限向往:要是开着旋翼机去放羊、洒农药,那该多便利。石油行业的人看了旋翼机,也在想:要是在广袤的戈壁滩上有这种飞机,检修油气管道的效率会提高多少啊。

的确,尤其是在地广人稀的新疆,有一架这样的轻型飞机,繁重的工作就会简单许多。

"旋翼机离我们的生活究竟有多远呢?"我问。

"很近。"刘洪波对此充满信心,"发动机国产化的问题一解决,成本就会降下来,一个旋翼机也就是一辆家庭小汽车的价格。"

"目前国内旋翼机技术与美国相比,差距不是很大。国内摩托车厂和汽车厂都可以研发用于轻小型飞机用的专用航空发动机,因为部分摩托车和汽车的发动机只要稍加改造就可以用于航空。"

刘洪波造的这种旋翼机,重量不到110公斤。根据《中国民用航空法》的规定,不超过116公斤的飞行器不需要到相关部门登记,驾驶者也不用考飞行执照。

目前在我国民间掌握制造旋翼机技术的企业仅有3家,从技术上讲刘洪波的这两架飞机在全国也算领先了。很有意味的是,中国旋翼机官方网站的站长也是新疆人,他是新疆警官高等专科学校教官赵军。

在这个网站上,醒目地写着:"旋翼机,中国老百姓的私人飞机。"

赵军指出，飞机的主要种类有固定翼飞机、直升机和旋翼机。前两者不仅价格昂贵，而且都存在失速、尾旋、共振三大致命杀手。旋翼机却大不一样，万一发动机熄火，它会像一片树叶一样飘降下来。并且，它的起降距离很短，在南湖广场、学校的运动场就可以起降。在城市周边建一个足球场大小的机场就可供旋翼机使用。

旋翼机在国外很流行。据赵军介绍，美国一个县平均有十几个到几十个机场，美国私人旋翼机拥有量近10万架。在美国人家里，一般有两辆汽车，就会有一架飞机，飞行高度在5000米以下给空管打个电话通报一声就可以飞了。旋翼机的驾驶比直升机容易得多。国外一些旋翼机运行培训中心，对没有飞过任何机种的新手，一般通过两天的训练和带飞即可放单飞，而对有过训练的人一天就行了。

在发达国家，旋翼机的第一大用途就是警用，其成本与直升机的比值是1∶16，美国、德国、南非等警方都在使用旋翼机，是边境巡逻、缉私反恐等维护国家安全的有力手段。

赵军说，刘洪波设计制造的旋翼机是我国所有博览会上推出的第一架旋翼机。

赵军的目标很明确，今后一是向老百姓推广，二是行业推广。他透露，面前旋翼机已在新疆警官高等专科学校立项，进入讨论阶段。

赵军打了个形象的比方，就像上世纪七八十年代私人小轿车还很奢侈，现在已成为非常普通的交通工具一样，旋翼机是最适合中国国情的。随着经济的发展，人民生活水平的提高，旋翼机将来必定会走向老百姓，在中国的未来无可限量，对于救灾、救援，乃至交通、经济、文化、生活都有较大的影响，也会增加很多新的就业机会。

土壤很肥沃,市场很广大,百姓也很热情。这给刘洪波继续研究和测试旋翼机增添了新的动力。

旋翼机成功地飞起来了,大量的验证工作还在进行着。旋翼机还需要经过500小时左右的验证。刘洪波带领一拨人正在忙乎这事儿。

起身告别之时,刘洪波一再说明:"旋翼机是集体智慧的结晶。"

我点头道:"凝聚了集体智慧的旋翼机才能如此顺利地飞起来。"

令人感慨的是,1978年,中国的社会经济还处于起步状态,并不具备旋翼机诞生的土壤,刘洪波梦想萌发之时,还只是一名小小少年,造一架飞机只是他的一个童年梦想。2008年,中国的社会经济已经今非昔比,走上繁荣兴旺的轨道,旋翼机的理论也成熟了,个人拥有私人飞机,就像当年个人拥有私人轿车一样,可行性呼之欲出;刘洪波厚积薄发,造飞机的梦想如同足月的婴儿顺畅地实现了。整整30年,数字的巧合,又是多么生动地折射了改革开放的中国的巨变。

旋翼机,当它真的飞起来了的时候,带给我们的不仅仅是惊喜,还有它对于我们生活方式的改变。

一位中医专家的交响乐梦

医生"玩"起了交响乐?

当中医专家张万杰成立了一个很专业的交响乐团的时候,许多人的惊讶是可想而知的。

是啊,获得"中华名医"称号、任国外四所大学的客座教授、著作丰厚、有自己创办的医疗机构,事业干得好好的,张万杰怎么搞起了交响乐?这和医学的反差忒大了些吧。

我怀着同样的好奇心、同样的问题与张万杰交谈,他的回答却是深思熟虑的。

"医艺相通,医艺并重。"这是张万杰对这两门学科的总结,也阐释了他的人生选择。

音乐之缘

与张万杰交往过的人,都知道他拉得一手好琴,还是难度相当高的小提琴。早在1961年他便与中央音乐学院专家郭淑珍(我国著名女高音歌唱家)、郭志鸿(我国著名钢琴教育家,郭沫若之子)、周恩清(著名小提琴教育家,中央音乐学院系主任)在乌鲁木齐八一剧场同台演出,当年演奏的曲目是《里享格协奏曲》和《小河淌水小提琴独奏曲》。我曾经有幸聆听过他演奏的《梁山伯与祝英台》和《吉卜赛流浪》等作品,那如泣如诉的琴声千回百转,一遍遍地震颤了人们的心弦,真可谓绕梁三日而不绝。

作为医生,小提琴怎么会拉得这么好?这就越发给张万杰增添了一种神秘色彩。

其实,一切结果里都有着不为人所知的因由。张万杰7岁就与小提琴结缘,这给了他童年时代不可多得的快乐和艺术享受。他是在一个很偶然的机会里,与一把意大利名琴邂逅;又在一个很幸运的环境下,结识了一位白俄小提琴家瓦列西。

当他在瓦列西的指导下可以拉出优美的旋律的时候,那美妙的琴声将他带上了幽深而迷人的音乐之旅。从此,他对音乐的热爱就一发而不可收。

那时候,功课少,别的孩子在外边玩泥巴,他拿着小提琴没完没了地练,从初级的"开塞"到高级的"帕格尼尼",靠着他的勤奋和对音乐的痴迷,非常专业的小提琴教程就这么一步步地被他"攻"了下来。他对于小提琴和对于音乐的驾驭能力,也随着十年多的光阴,而日渐成熟。

可是,为什么对于音乐如此热爱的人,会去当医生呢?

原来,张万杰的父母认为当医生是一种崇高的职业。他就听从了父母的教诲,考取了新疆中医学院,1963年毕业后,他成为了一名中医大夫。

不过,有意思的是,在他从医以后,音乐却时常成为他生命中的重要"插曲"。

"文革"期间,自治区要成立样板团,在民间已经声名远扬的张万杰就被推荐为团里的首席小提琴手。随后他又担当乌鲁木齐市艺术剧院、新疆歌剧团的首席小提琴手。1977年,他举办了"文革"后新疆第一场小提琴独奏音乐会,将打入封资修并尘封已久的《梁祝小提琴协奏曲》全本推上乐坛,呈现给乌鲁木齐的听众们,引起不小的轰动。

奇怪的是,二十世纪八十年代以后,张万杰又从一名音乐家回归从医之路。

他回答,我身上总有种不安分的东西。

看到新疆缺医少药的现状,他与同仁们创办了新疆第一家中医学术刊物《新疆中医药》,随后又创办了新疆第一家民办医疗机构国医堂。

在他的办公室里,一排古典式书架上摆满了大部头书籍,都是与医学有关,《中国当代名医名药大典》《常用中药成分与药理手册》《传统医药与人类健康》,等等。有意思的是,外间的办公室里,他的几个同仁正忙着为音乐会的演奏准备着各声部的分谱。

10月份,他将举办一场交响音乐会。这也是他所组建的交响乐团成立以来的第三场交响音乐会。这个金昆仑交响乐团不仅是新疆第一家民营交响乐团,也是西北五省第一家。总投资200万元,现已投入七八十万元。

年近七旬的张万杰为什么要冒风险,花这么大气力,来搞一个赢利很困难的交响乐团?

原因在于,他钟情于交响乐,他深知交响乐是音乐皇冠上的一颗明珠,交响乐的普及代表了一个地区人们的文化素养。他清晰地记得李岚清在《欧洲经典音乐笔谈》一书中说:"形成与欧洲经典音乐接轨的中国乐派融入世界乐坛的主体,这样不但能够更丰富我国音乐的百花园,也会使我国文化艺术在国际上产生更大的影响。"

他审时度势,观察到新疆由于地处偏远,文艺演出市场较为清冷。他敏锐地预感到:李岚清的讲话预示着我国交响乐的春天到来了。如何迎接文化体制的改革,如何活跃文化市场,提高人们的音乐素养,让广大群众有机会欣赏到具有地方特色的高水准的交响乐,他觉得自己作为一名音乐人,理应挺身而出。

他的交响乐团就是在这样的背景下应运而生。

今年开春,新疆第一个民营交响乐团——金昆仑交响乐团——成立了,配置一点不亚于专业水准。乐团成员绝大部分都是资深音乐家,包括新疆著名音乐家努斯莱提·瓦吉丁、著名国家一级歌唱家阿依·吐尔逊、米娜瓦尔、纳扎尔,著名吉他演奏家张万林,等等。乐器、服装、灯光、音响、场地等的配置耗资百万,从小提琴、中提琴、大提琴、贝司到铜管、木管和打击乐器、钢琴,一应俱全。

张万杰就是这个脾气,要做就做第一流的。

殊途同归

人有七情,从"情"的角度而言,音乐与中医是两种途径,音乐有助于情感的抒发,中医则可疏通和调理七种情感(喜、怒、忧、思、悲、恐、惊)的郁结。因此行医和艺术一样都要用心来做。身为中医专家的张万杰和酷爱音乐的张万杰,研究了当今世界大量的音乐与身心调控的实验成果后,在临床工作中开展了一些深入浅出的音乐疗法。对此感同身受深信不疑。音乐疗法与高雅音乐有不解之缘。由此理解,张万杰人生路上的这两种选择可谓殊途同归。

作为一名医生,他的情来自对病人的关爱。作为一位音乐人,他的情来自对新疆这片土地的热爱,新疆丰富的音乐元素令他痴迷。面对一个新兴的交响乐事业,张万杰思考的是,中国是多民族多元文化的大国,怎样用拿来主义的办法将欧洲交响乐与中国传统音乐结合并融入中国主体。

张万杰注重根植于新疆的民族特色和地域特色。新疆的音乐元素非常丰富,发展新疆本土的交响乐应该成为当前的重要主题。特别是木卡姆申遗成功以后,如何将这一世界文化遗产改编为交响乐,让人们认识到新疆音乐的魅力,让交响乐走入百姓家,是张万杰成立交响乐团最终要达到的目的。

"我想固定一个场地定期演出,每逢双休日就是交响音乐会,让人们形成一个定期去欣赏交响音乐的习惯。"张万杰若有所思。

使命之约

6月的一天,在长江路上的一幢粉色小楼上,传来一阵阵琴声,这是金昆仑交响乐团正在排练《梁山伯与祝英台》,有的在吹木管,有的在拉大小提琴,张万杰正在演奏其中的独奏部分,旋律婉转。在即将举办的音乐会的节目单上,还有现代京剧的经典唱段《迎来春色换人间》、评弹《蝶恋花》、弹布尔协奏曲《艾介木》,以及声乐高手的演唱等。

一缕阳光照进来,给洋溢了琴声的排练室镀上一层暖色。

一个琴友递上来一个有关木卡姆的乐谱,张万杰斟酌了一下,说:"我把谱子带回家去研究一下,看怎么改编。"

对于新疆民族音乐的改编和演奏是这个交响乐团的重要使命。

金昆仑交响乐团成立于2008奥运之年。乐团演艺人员来自新疆歌舞团、艺术院校、军区歌舞团、兵团歌舞团等表演团体,是一支新疆资深音乐人才汇聚的专业团体,各乐团退休下来的演奏家恰恰是财富,他们对于严肃音乐的理解和演绎都是高水平的。

这个交响乐团志在使新疆本土音乐交响化。为展示多民族音乐艺术魅力,特约区内外各民族音乐编创专家对维吾尔十二木卡姆、刀郎土风音乐、南北疆经典民歌音乐、哈萨克族阿肯弹唱、回族花儿、蒙古族传统音乐作品进行挖掘、整理、创新,以器乐声乐形式推介给世人。

在这场交响乐演出中,除了传统经典曲目,张万杰的注意力放在了对于新疆民间乐曲的改编。

节目单里的《艾介木》是民间传统的木卡姆套曲的前奏,用弹布尔独奏、民乐伴奏,该作品曾在20世纪60年代文化部文艺调演中获得一等奖。张万杰现在要用传统的交响乐做背景,用弹布尔协奏,使西洋乐器和民族乐器相得益彰,进一步挖掘曲目深邃的乐韵,以期达到管弦烘托水乳交融、浑然一体的效果。为此,特邀我国著名作曲家、成都音乐学院作曲系主任罗祥熙教授担任配器,形成由60多人组成的管弦乐队演奏的大型交响乐。

伊犁民歌《黑眼睛》《牡丹汗》《燕子》等,都用特色乐器和管弦乐队融合、伴奏伴唱。木卡姆的几个主要篇章用民乐队演奏,管弦乐队协奏。

张万杰为什么对新疆民族音乐如此热爱和痴迷呢?

"我从小生长在少数民族聚居区,对少数民族音乐有着深厚的情感,青年时代就踏遍天山南北农牧区,收集整理了很多民间音乐,并向我国著名的木卡姆专家万桐书、著名作曲家邵光深等大家学习。我还学习和掌握了少数民族乐器的演奏技法,精通都塔尔和艾捷克的演奏。"

民族音乐交响化,谈何容易,那是一种需要精雕细刻的活儿。9月,刚刚出院的张万杰又继续投入交响音乐会的准备,挖掘整理原谱、梳理旋律,在配器中大量融入民族特色的演奏技法,使乐队的特色鲜明,力求做到本土音乐的交响化,力图洋为中用、中西结合。

"《牡丹汗》在天山南北广为传唱,受到各民族的喜爱,我们遵循在声乐上尊重原创,在伴奏上突出民族演奏家的技巧,同时还把这首歌改变成小提琴协奏曲,采用西洋管弦乐ABA三段单乐章协奏曲,创作参照梁祝协奏曲的创作手法和结构,如歌的行板、叙事部分、恢弘飘渺的结尾,是长达20分钟左右的大型交响乐作品。"张万杰说起他的创作构想,思绪涌动。

"我们在创作中重点体现出新疆各民族传统音乐多年来的积淀。新疆的音乐中,木卡姆是叙事套曲,有完整的曲式结构,其他音乐均属于民族的土风音乐和民间音乐,多以口头传唱,时间久了,有可能走样。新中国成立后,党和国家组织大批音乐工作者对这些宝贵资源进行挖掘整理记谱,现在我们要做的工作是除了继续进行民间挖掘外,还要在原有基础上收集、精选、再创造,加上现代管弦乐配器,把这些作品推向大舞台,让区内外广大观众分享到新疆各民族音乐的精髓。"

"我是回族,也想为弘扬回族音乐艺术尽绵薄之力,也注意对花儿、小调的挖掘整理。花儿起源于甘宁青三省,流传至新疆直至中亚,很多作品需要挖掘整理,我想打破一个人唱到尾的形式,搞成质感较强的花儿交响乐、二重唱、四重唱、合唱,加强作品的烘托、渲染,使花儿有血有肉,不再是'干枝梅'。昌吉回族自治州对我的计划很支持,这是我们交响乐团2009年的重点创作任务。"

张万杰的思绪又飞向了乐团的将来,他正在寻找合适的演出场地,配置专业的音响设备。这些对于他而言,虽然很烦杂,却难不倒他。门票卖到多高合适,太低的话难以为继,太高又会陷入曲高和寡的窘境。这是他反复思考的事儿。不过,张万杰对此还是有信心的。为了培养普通百姓欣赏交响音乐会的兴趣和习惯,他已经打算卖"小板凳"票,让人人都能买得起门票。

"观众需要培养,这是一个漫长的过程。"张万杰目光冷静,语气坚定。

一位新疆"老外"的义务讲学之路

提高全民素质,需要的是行动!有这样一位老人,舍弃了悠闲舒适的退休生活,提着录像机,带着自己制作的讲课教具,进社区,下基层,跑遍全疆各地,风雨无阻,至今行程万余公里,义务讲学累计达523场,听课人数26万余人。我估算了一下,他每年至少讲课五、六十次,9年了,义务讲学从未中断。对于一位退休老人而言,这需要怎样一种意志和动力才能够坚持下来呢?

我不是"老外"

如果只听他讲话,那一口京腔京韵,清晰流畅,令人绝想不到他是"老外"。

他总说他不是"老外",可他的白皮肤、黄眼睛、大鼻子却在人群里十分惹眼。

是在乌鲁木齐下第一场雪的时候,与他约见的。他叫李忆祖,典型的中国名字。

他的家很简洁。简单的屋里,摆放最多的就是书,以及整柜的录像带、岩矿标本和他的小制作。

文思泉涌是李忆祖留给我的第一印象。本来就已打算用一下午时间好好聊聊,结果我们聊到了天黑。

他的思维非常活跃,记忆力惊人,话题往往天马行空。除了气管炎导致的咳嗽每每打断我们的谈话,我发现坐在面前的这位年近七旬的长辈,依然充满了朝气和活力。

"我不是老外,我是外裔中国人!"他总是这么对别人表明自己的身份。

他很在乎"老外"这个称呼,他总跟别人解释自己为什么不是"老外":"卢沟桥事变"的第二年,我生在天津,从此与外国生身父母断了音讯,中国养父母把我抚养成人,视如己出。我在济南、北京都生活过。养父给我起名李忆祖,似乎是有寓意的。小时候,曾有一个德国老太太想领养我,养母舍不得。尽管我是外国人的后代,但是,我却有一颗永远不会改变的中国心。养父母就是我的亲人,我怎么可能是"老外"呢。

很有意味的是,在养父母家,他的华裔兄弟姐妹全都定居国外,唯独他这个有着外国血统的孩子一直留在了中国。

"我在新疆待惯了,到哪儿感觉都不如新疆好!"他身上,已经印刻了浓浓的新疆情结。

1961年,李忆祖毕业于北京地质学院地质测量与找矿专业。经历过腥风苦雨的战争年代,感受着新中国的阳光雨露,他心里充满了对未来的憧憬。他有一个愿望:用自己的聪明才智来报效祖国。他两次打报告,坚决要求到艰苦的新疆工作。

来新疆后,他被分配在新疆煤管局156煤田地质队,经常是五六个人,一辆"嘎斯63"车(前苏联制造的越野汽车),常年在野外进行煤田地质普查工作。20多年他跑遍天山南北,最远的地方,他的足迹到了海拔5000多米的西藏阿里地区。风吹日晒,风餐露宿。一顶帐篷,一件八公斤重的皮袄,是他的随身之物。他把火热的青春奉献给了广袤的新疆大地,新疆的煤矿资料都印在他脑子里。上世纪80年代初,由于工作需要,他曾在156队子校、煤炭厅子校（现为41中）当校长，后来又调到乌鲁木齐市教育局。退休以后，1998年起从事关心下一代的工作，任乌鲁木齐市关心下一代工作委员会常务副主任，又被聘为自治区青少年科技讲师团讲师，从此一发不可收，踏上了关心下一代的义务讲学之路。

他是学地质的，讲的课却是五花八门，上至天文，下至地理，课题现在有二十多个了。科普是他的专项，他讲的《发明创造并不神秘》《时代需要创造型人才》《中小学生都能成为发明家》等，都是深受欢迎的课题。他给中小学从事科技辅导员工作的老师讲《走进创造之门》，光讲稿他就编辑了13万字。他的讲课内容还包括爱国主义教育、家庭教育、法制教育等课题，譬如与中学生谈法制的《关爱青春，与法同行》，给家长讲的《家庭教育的基本原则》，以及针对中小学生讲的《自救、自护的安全防范知识》等。针对城市、社区、农村的差异，不同的授课对象，他的讲课内容也不同。他讲课的一大特点是实用，深入浅出。那些打印、装订得整整齐齐的讲义，里边全是生动鲜活的实例。用过的讲义舍不得扔，都存放在他的地下室里。

在李忆祖家阳台上、柜子里，还藏着好多"宝贝"呢。他随手从柜子里拿出来一个大盒子，又从盒子里掏出一些零零碎碎的东西，然后，变魔术似的，用这些废旧的变压器、磁铁、易拉罐什么的，组装成了"旋转娃娃""磁悬浮飞机""跷跷板""小风扇""侏罗纪时代"，等等。这些都是科普教具，是李忆祖为了给孩子们讲课，特意做的。

上课的时候，李忆祖拿出这些教具来，向孩子们绘声绘色地展示什么是发明创造，运用什么原理可以做出来，有了发明创造，我们的生活出现了怎样的变化。看到这些制作简单又非常好玩的小玩意儿，孩子们的眼睛亮了起来。他们纷纷从座位上站起来,伸长了脖子,瞪圆了眼睛,琢磨着这些"废品"是怎么动起来的,各种各样的问题也像"糖豆豆"似的蹦出来。下课了,孩子们还不愿意走,围在李忆祖身边,新奇地问这问那。

"老师,磁悬浮飞机是怎么做的?为什么会越转越快?"

"你看,什么叫磁悬浮?它利用的就是磁铁'同极相斥'这个科学原理,因为它们之间摩擦非常小,因此就会越转越快,这些都是用废物做的:破喇叭里的磁铁、空罐头盒,当然,制作的时候为了取得平衡,就要细心地测量好中心点。"李忆祖拿上教具,拆拆装装,不厌其烦地给孩子们演示起来。这时候,也是李忆祖最欣慰、最开心的时刻。他要让孩子们亲眼看到,发明创造并不神秘!有些孩子就照着他的教具模仿着开始做起来。

当孩子们亲眼看见那些破铜烂铁,是如何"变成"了这么好玩的东西,心中不禁会问:这是一种什么样的魔力啊。这些可以触摸的小发明、小制作,为孩子们打开了一个全新的世界,启迪着孩子们发明创造的灵感。

永远的好奇心

"我这人就是好奇心很重。"李忆祖对自己看得很清楚。

他的经历很丰富,可以用"五光十色"来形容,很多经历都是好奇心使然。好奇心使得他博闻强记,敢于探索。晚年他与教育事业结下不解之缘,其实与他这种不曾泯灭的好奇心大有关联。

那里边会不会还有山顶洞人的遗物:上大学的时候,在参观北京周口店山顶洞人遗址时,他看到遗址陡峭的岩壁上还有一个小洞。"那里边会不会还有山顶洞人的遗物呢?"他一边想一边好奇地向着那个洞爬去,爬得太高了,其他同学发现了,大声喊叫,他害怕了,从岩壁上滑了下来。去观看溶洞,他被那神奇的喀斯特地貌所吸引,这个像蘑菇,那个像竹笋,看也看不够,躲在洞里不想出来,被老师叫住训了一顿:那么黑的洞,万一掉进深深的洞穴怎么办。

初中他参加了学校的航模小组,高中他是无线电小组的成员,在大学里他学习摄影,他喜欢所有新奇的东西。

不光是喜欢"玩",在他眼里,一切未知领域都是他想去探索和了解的所在。他像一块海绵,近乎贪婪地吸吮知识的养料。他经常光顾学校里的图书馆、阅览室。在中学他就背熟了很多篇古诗词,讲课中可以信手拈来:老舍的一副"蛙声十里出山泉"的对联,请齐白石老先生画幅画,结果齐白石老先生画了一幅寓意深长的山水画。又讲到明清时代的"踏过花丛马蹄香""深山藏古寺"等画中寓意,这都是他中学时代的积累,如今说起来依然出口成章。

他认为,爱好多,无形中思路就开阔,遇见什么事情就容易迎刃而解。工作以后,天天跑野外,不可预知的事情多着呢。

光秃秃的石壁上,一棵小树救了他:有一次,他出去找矿,爬上了一个陡峭的岩壁,到了半山腰,一抬头:上边有一块突出的巨石,根本不可能爬上去,再一瞧下边:陡峭的坡,搞不好就会失足跌下。他顿时生出一身冷汗,心想这下完了。他努力使自己镇定,环顾四周,发现右侧不远处有一个几十厘米宽的岩石裂缝,他看到了一线希望。可是怎么过去呢? 很巧,那光秃秃的石壁上长着一棵小树,他就伸手抓住小树。其实,他很清楚石头上的树根不可能牢靠,不敢使劲,万一小树断了,后果不堪设想。还好,中学时喜欢体育使他身手敏捷,借着小树的那点劲,一点一点往过挪。他心里明白,小树对他只是一种心理安慰而已。终于挪到了岩石裂缝边,他顺着那只能勉强容得下他的缝隙,扭动身体,一点一点地爬上了山顶。坐在山顶,他长长地吁了一口气,提到嗓子眼儿的心才落了地。到住处,天都黑了,同伴都把红薯(在那个年代红薯就是主粮)煮好了,正奇怪他怎么大半天不回来呢。

遇到了旋涡:他在乌伦古河游泳,正游得高兴呢,前边河流转弯处出现了一个旋涡,一些树枝在旋涡里飞速打旋,三下两下便被吸入涡心,不见了。他心里一阵恐惧。此时再往回游,水流很急,根本不可能。他的身子被河水冲着走,千钧一发之际,他的脑子里忽然一闪念,想起老师曾经告诉过他,遇见旋涡,就要伸展开身体。此刻他已到了旋涡近旁,由不得多想,他迅速伸直手臂,屏住呼吸,只听见耳边水声震响,及至清醒,水流已将他冲出了旋涡之外。

本能地低下头做了个"前滚翻":在西藏阿里进行野外勘查时,骑马走在山路上,后边的一匹马忽然撞了他的马,马惊了,"嗖"的飞奔起来,忽然马失前蹄把他摔了下来,后边同事看到了,心想不好,肯定摔得不轻。可是,他站起来了,毫发未损,只是成了满身是土的"土地爷"。原来,他在翻下马的一刹那,本能地低下头做了个"前滚翻",没事了。

每一次大难不死的背后,其实都是李忆祖很强的综合素质在关键时刻起了关键性的作用。他年轻的时候喜欢运动练就的应变能力和丰富的知识储备,在危难之时一次次救了他。

50岁的时候,他还有过一次大胆的举动,令同龄人咂舌。他和一位同事各骑一辆双轮摩托车,克服了种种不可预见的困难,途经十一个省、自治区,一路风尘地骑到了天津大沽港的海边,又骑回了乌鲁木齐,行程近九千公里。

好奇心是人类探索未来最基本的品质,这些丰富传奇的经历,也促使李忆祖痴迷于教会孩子们更多的课外技能:

"我们孩子的好奇心被应试教育压制了。我给孩子们讲课，就是想激发孩子们的好奇心。你看，我专门买了一台显微镜，在显微镜下，苍蝇的腿、蜘蛛的嘴什么的，可清楚了，孩子们看了特别感兴趣。我还配了两部录像机，一部在家录制电视科普节目，一台出去讲课时放映录像。为了制作教具，像电钻之类的各种工具我都配齐了。"

好奇心是一个人学习不辍的源泉。《恐龙与化石》《时间的故事》《科学家的故事》《科学发现》《异想天开》等等，在他的书柜里整整齐齐地罗列着他从中央电视台复录下来的电视节目的录像带，内容涉及爱国主义、法制教育、家庭教育、科普知识等350多盘，近2700集。他的书，家里好几个书柜都满满当当。为了更便于写讲稿，他还买了电脑、汉王笔、打印机、扫描仪等工具，通过自学掌握了计算机的使用方法。现在，上网成了他搜集资料的重要途径，他的资料库里又多了两种东西：软盘和光盘。打开电脑，看看目录，就能知道需要的资料在哪里。你看，这是他的VCD光盘之一，编号（11—1067幅），上面的内容丰富之极：

A：海军演习。B：幻想未来动物。C：自然之美、沙雕。D：世界风光。E：怪异摄影、显微镜下的昆虫、油画。F：环保,海豚之死、美景。G：在美国的中国文物。H：中国发射卫星过程、八国联军入侵中国时的漫画。I：花卉。J：荣辱观画图、网络调查。K：中国过去的年代、人物。L：太阳系星球大小比较、从卫星看地球、航拍图片。M：天安门、香港升旗仪式。N：毛主席逝世、周总理。O：西太后的用品。P：24孝画图、美国原子弹爆炸。Q：中国名山。R：台湾。S：值得尊敬的人。T：抗美援朝。U：风车与云。V：自然之美。W：植物园。X：四姑娘山、草原。Y：天使。Z：钻石、天珠、雪花。

细致，认真，条理明晰，是李忆祖的风格。涉猎广泛、善于融会贯通,使他能够应对不断变化的讲课需求。讲课的时候,李忆祖也给孩子们灌输这种学习的能力,包括怎么搜集资料,怎么分析归类,怎么为我所用。他通过现身说法、运用形象的教具,让孩子们真切地体悟到了这种做学问必备的素质。

孩子是国家的

偌大的教室里,孩子们唧唧喳喳,当李忆祖一出现在讲台,孩子们好奇地交头接耳:哇,这是老外吗?还是少数民族呀?李忆祖微笑着看看他们,字正腔圆地一亮嗓子:"同学们好!"立时气氛活跃了起来。当他声情并茂地一"开讲",孩子们的心就一下子被紧紧地吸引住了,整个教室忽而鸦雀无声,忽而欢声笑语,忽而热烈鼓掌。

因势利导,立足于新疆的生活环境,是李忆祖讲课颇受欢迎的一个原因。在牧区,李忆祖给哈萨克族孩子讲为什么我们新疆羊的肠衣上经常会出现小孔?应该想什么办法解决?在农区,他讲怎么通过电脑了解国内外农产品市场信息?西红柿怎样像树一样生长以便更丰产?

李忆祖也给孩子们讲他自己的故事,告诉孩子们动手能力提高了,脑子会越来越聪明,工作中遇到的难题会迎刃而解。

1975年,他们在富蕴扎果坝煤矿工作时,需要到20公里以外的乌伦古河去拉生活用水。装4吨水的水车,如果靠人一桶一桶往车上装,没有大半天的工夫根本不可能,人也会累得"吐血"。

怎样才能让水自己"跑"到水箱里来呢?李忆祖挖空心思地想啊想,终于想出一个招儿,那可真是一次发明创造的成功实践。他根据物理学中大气压力的原理,在司机的帮助下,先把水箱密封起来,再利用汽油发动机的进气口把水箱里的空气抽走,这样把放水管伸进河里,水就自动流进了水箱。

孩子们听得入了迷,面前这位慈祥而充满智慧的老人,肚子里仿佛有讲不完的故事,他们敬佩他,喜欢他。

他跟孩子们讲,1969年他在若羌县铁干里克、罗布庄等地,亲眼看到河里有那么多的鱼,陆上胡杨、红柳和芦苇有多么茂密,梅花鹿、野猪和狼之类的野生动物多得很。可是后来由于上游修了水库,1971年他再次去,那一带已经整个干涸了。接着,他放映了特意选出的录像带《孔雀河的思念》《塔里木河的呼唤》《生活在大漠边缘》,当年美丽的图景和今天河水断流、绿洲变成了沙漠的荒凉景象形成鲜明对照,给孩子们的震撼非常强烈。这是一堂非常生动的环境保护知识讲座,一个孩子忧心忡忡地问:"环境被毁了,土地沙漠化了,我们到哪里去住?是不是要到外星球去生活啊?"环保科学的种子从此深深扎在了孩子们的心里。

孩子们有时提出的问题是稀奇古怪的。这么多年他看了很多书,积累了丰富的知识,还没有哪个问题难倒过他。

"学文科的怎么搞创造发明?"在博乐市的一次讲课中,一位学生问。

"创造是一种突出创新才智的行为,产生新的精神产品的创造也是创造发明的活动。比如:马克思的《共产党宣言》,我国古代的四大名著,莎士比亚的悲喜剧都是创造发明。"

"老师,金刚石、石墨和煤是不是都是碳呢?"一个中学的孩子问。

"金刚石、石墨和煤都是由碳原子组成的碳分子,只是生成的环境不同,煤是由古代植物在特定的环境中转化而来,这些矿物的形态不同,硬度也不同,其中最硬的就是金刚石。"

他建议孩子们不懂的东西到图书馆或者新华书店去翻翻

看看，查找答案。这样不但能扩展知识面，无形中也对问题加深了印象。他告诉孩子们，现在知识更新速度非常快，光靠死记硬背又能记多少呢？所以要学会学习并且要善于学习。

"我当过老师，知道怎么吸引孩子，我讲课注重的是与孩子的心灵共鸣，当然这也是从我的中学老师那里学来的。"

他给孩子们讲《青少年也能搞发明创造》：

"在多数人心目中，发明创造是科学家的事，是发明家的事，是大人的事。但实际上'发明家'这个词没有任何限制和框框，谁都能当发明家，你也能当发明家。但也有人认为，在校学生谈不上什么发明创造。这种看法正确吗？不，不正确，学生也能搞发明创造。

"中小学生参加发明创造活动，可能会占用一定的学习时间，但你在参与这些活动的过程中，会遇到各种问题，有些需要用到的知识是你们目前所不具备的，兴趣和需要会成为最好的老师。因为有兴趣，你便会主动地学习，并能从这种学习中感受自己动手的乐趣与成就感。这些对于青少年未来的发展都是大有益处的。

"其实创造本来就是人与生俱来的品质，是人的本性之一。人与动物相比，气力不如大象，勇猛不如狮子，跳远不如袋鼠，奔跑不如骏马，视觉不如老鹰，嗅觉不如猎狗。他唯一与众不同的就是他的创造天性，正是依据这一能力，人才渐渐地强大起来，而一跃成为万物之灵。倘若当初人不具备这种品质，那么人类的命运真是不可想象。

"一些发明家之所以取得成功，就因为他们没有'这不可能实现'的想法。"

栩栩如生的讲座，孩子们听了，获得的是心灵的启迪。

为了普及科学知识，他结合自己所学的地质专业知识，带上自己收集的矿物、岩石标本,在野外,给参加地质夏令营的孩子们讲解地球科学、新疆的矿产资源、趣味矿物岩石学和环境保护等方面的知识,教给他们课堂上学不到的知识。他们一起爬山,一起采集标本。和孩子们在一起,他觉得自己也变年轻了。

现在的青少年大多是温室的花朵,为了帮助他们学会在大自然中怎样生存,李忆祖结合自己多年的野外实践经验和新疆地形、气候特点,带领夏令营学生进行野外登山及生存训练,给青少年讲"野外求生方法"。

在爱国主义教育讲座中,李忆祖倾注的是一腔热诚。他打开录像机,放映他搜集的大量有关爱国主义的电视片。为了再现过去的历史,他播放录制的《在历史现场》《史鉴:不平等条约》等历史录像片,让青少年一目了然地看到旧中国的悲惨历史;让孩子们看《我爱国旗》《祖国在我心中》《浩歌如虹》《红岩魂形象报告》《雷锋之歌》等录像片,这些生动鲜活的画面,使孩子们有了深刻的感性认识,了解到中国共产党领导中国人民前赴后继,英勇奋斗,使中华民族摆脱百年屈辱,获得独立尊严,迈向繁荣富强的历史进程,激发了孩子们的爱国情怀。

李忆祖讲课充满激情,大人孩子都爱听。

他讲课有个宗旨,就是勉励孩子不断学习。他激情澎湃地告诉孩子们:首先要学会怎样做人,要做一个真正的中国人,一个爱国主义者,一个全心全意为祖国、为人民服务的人。第二是要学会如何做事,今天的科学技术越来越发达,国际竞争也越来越激烈,要学会与人合作才能在竞争中获胜。不论学会做人也好、学会做事也好,都要先打好基础,基础就是知识与能力。

"孩子是国家的!"李忆祖总这么说。国家兴亡,人才为基。为了国家尽快富起来,李忆祖恨不能把自己一生积累的知识毫无保留地奉献出来。

讲学也是"为人民服务"

抽出一张李忆祖2005年的讲课记录,我们看到,从1月14日《家庭教育的警种》,到12月24日《违法犯罪的早期预防及家庭教育》,有55堂课。从104团中学、板房沟中学、呼图壁一中,到博乐知识产权局、青格达乡、中韩少年夏令营、王家沟小学,每个月最少都是四五次课。

7月份正是新疆最炎热的季节。这个月,李忆祖的课程安排却是最满的,有9堂课,在8个不同的地方。这对于一般人而言,都会感觉日程紧张劳累,何况是一个近七旬的老人呢?

这9堂课的内容,跨度很大:《违法犯罪的早期预防及家庭教育》《科技活动辅导》《怎样保持共产党员先进性》《人人都能成为发明家》《怎样做好关工委工作》。七月流火,白发苍苍的李忆祖没有待在凉爽的家里避暑,白天四处奔忙,晚上还要为下一次讲课精心准备讲稿。

最多的一年,李忆祖讲了120多堂课,一天甚至讲3堂课。

他讲课十分认真,背上背着沉甸甸的教具,手上还提着装有录像机的箱子,不管刮风下雨,有车没车,他都去。每年这么多的课程,讲课内容又很庞杂,往往接到的邀请也很急。每堂课他都要让听课的人满意,有所收获。为此他要做好充分的准备。清早起来就趴在桌子上开始备课了,翻阅图书,查找资料,上网浏览,准备讲稿,有些讲稿一改就是七八遍。他自恃身体底子好,往往一干一整天。

2006年的一个大热天,李忆祖在露天讲课,他考虑非常周到,让听众背对太阳,而他则在太阳下一晒就是2个小时。下午5点出去,直到夜里11点才回来。天太热了,李忆祖一直忙着讲课的事情,竟然一口水都没顾上喝。回到家里,嗓子难受,身体疲惫,他没当回事,心里还惦记着第二天出差去外地讲课的事情。当天夜里他病倒了,高烧不退。他心想:坏了,这不是耽误了讲课吗?他还想撑着,老伴硬逼着他去了医院。医生诊断:病毒性喉炎引发了肺炎,要住院治疗。医生叮嘱:注意肺部保养,少说话,减少外出。

他却有些遗憾:"就因为生病讲得少了些,要不一年少说要讲个七八十场。"

他讲课反响很好,每年乌市关心下一代工作委员会、自治区科协、政法委等都要请他去讲学。

在昌吉,他曾给200多个网吧老板讲过课,告诉他们步入青春期的青少年的心理特点,告诉他们青少年因去网吧而引发的违法犯罪鲜活实例,告诉他们为什么孩子的钱不能赚。

在轮台县,一位白胡子的家长听完李忆祖《未成年人违法犯罪的早期预防及家庭教育》的讲课后,紧紧握着他的手,说:"老师,你这是积德啊!"

孩子们也把他当做了自己的良师益友,什么话都向他倾诉。李忆祖收到的第一封来信,就是某县一个中学生写来的,信里表达了早恋的苦闷。李忆祖十分认真地从青春期心理角度劝说她以学习为重,正确看待这份感情。只要有信来,他全都一一回复,语重心长地和孩子谈心。

艰苦奋斗了大半辈子,退休了,该在家"享清福"了,他却不这么想。他认为关心下一代的工作,虽然累,但是很有意义。所以,他乐此不疲。往往,他一出差就是一个多月,丢下老伴一个人在家里。老伴也同样没有抱怨,她觉得只要李忆祖做的是有意义的事情,就值。

即便是讲课时主办方给李忆祖发放了一点车马费或者误

餐费,他都将这些钱用来给孩子们买航模器材、买四驱车、买讲学用的录像带、光盘、打印纸了。

乌市关心下一代工作委员会的同志谈起李忆祖,很激动:

"人太厚道了!他讲课,全是义务的。你看看他们家里,现在找不出几个人像他家这么简单,好多钱都叫他用到讲学上了。即便是没有车,他自己坐公共汽车、班车也要去。每年这么多的课,他从无怨言。像这样的境界,在今天确实太难得了!"

"他把关心下一代都当做自己的事情了,去年暑假他去水磨沟区讲学,只有8个孩子,别人劝他随便讲讲算了,他却不,依旧非常认真地讲了两个小时。"

"他那次得肺炎,就是讲课累病的呀。"

辛苦耕耘,李忆祖的奉献获得了社会的肯定。他1990年荣获全国教育系统关心下一代工作先进个人称号,2000年荣获自治区优秀青少年科技辅导员荣誉称号,被评为自治区关心下一代优秀工作者。2004年荣获乌鲁木齐市关心下一代特殊贡献奖。2005年荣获自治区关心下一代先进工作者称号。

9年了,义务讲学之路风风雨雨,洒满心血和汗水。

明年他就70岁了,这么大年纪了,义务讲学,辛苦奔波,是什么力量支撑着他呢?

李忆祖笑呵呵地说:"记得养母对我说,人要有点精神、有点骨气。既然要做件事情,就要尽力而为!我是中国共产党党员啊,以前跑野外是为人民服务,那么苦都不觉得。现在讲课,也是为人民服务。"赤子之心,昭然可见。

那次谈话,话题还远远没有结束,天已经很晚了,大雪纷飞,寒风一阵阵刮来,让人喘不过气。这么恶劣的天气,气管炎病人是不宜出门的。第二天,李忆祖就在这大雪天里,去给天山区青少年科技发明与创新大赛当评委去了。

民营企业家与他的哈萨克族孩子们

"徐爷爷!"在医院里,一群哈萨克族孩子围在徐杰的病榻前,哭起来。

"别哭,我不是还活着吗?你们好好学习,今年'六一',我还要让你们去北京见见世面!"刚做完肿瘤手术的徐杰,虚弱地靠在床头,慈祥地用手摸摸孩子的头。

这些哈萨克族孩子从哪里来,他们为什么对这个"徐爷爷"有这么深的感情呢?

这些孩子是从大山里边来的,他们的脸蛋印着太阳的颜色,他们的眼睛明亮而纯真,神情满含着感激。他们是乌鲁木齐县甘沟乡小渠子学校的学生。

有一千多个贫困山区的孩子是受到徐杰的资助才重新走进了课堂的。每年"六一",他们中间最优秀的孩子都会在徐杰的关怀下,从山里,来到繁华的首府,度过最令他们难忘的儿童节。

12年了,这个活动一直没有间断。

究竟是何种动力在支撑这位民营企业家,使得他无论事业处于高峰还是低谷,身体健康还是患病,心,一直牵挂着贫困山区的孩子们呢?

触景生情

1994年,皇朝集团董事长徐杰去乌鲁木齐县开会。汽车在山路上飞驰,他的眼睛透过车窗看着外边的景色。忽然,在山的凹处,一座破旧的房子映入了他的眼帘,一些哈萨克族孩子正在空地上做操,几只牛羊也在随处走动。

"这是哪里啊?"徐杰奇怪地问。

"这是小渠子哈萨克族小学。"有人介绍。

"这是学校?怎么连院墙也没有啊?牛羊都跑进去了!"徐杰更奇怪了。

"这是贫困乡,拿不出钱来。"

望着眼前的景象,徐杰的心猛然被触动了。

1958年,河南沈丘县一片贫瘠的土地上,走着一个11岁的孩子。虽然,学校离他家近得可以隔路相望,他却刚上小学。学费两角钱,即便是这两角钱学费,要走5公里路进城卖掉20公斤红薯才能挣得。

在他瘦小的身上,还背着一个两岁的侄子,他要边上学边照看孩子。

放学了,他还有活儿要干,就是拔猪草、喂猪。返回的路上,他一手挎着采满猪草的筐子,一手捧着一本书边走边看。

干完活,他才能坐下来,拿出一个本子,铺在桌子上写作业。先用铅笔写,写完了,再用蘸水笔写,最后,把锅灰抠下来当墨,用毛笔写。本子这样就可以多用几遍。

六年级快毕业了,家里逼着他结婚,以便再娶回一个"劳力"。他不愿意,拼死抵抗。最终家里妥协了:考上初中就可以不结婚。

他发了狠,为了背书,嘴唇都起了泡。他的家乡当时有80万人,县中学每年只招收300个学生,有的要考好几年才能考上初中。极其用功的他,成了他们那个村——徐集村——新中国成立以来第一个考上县中学的状元。

上中学同样很苦,他要背着筐子去县城上学,筐子里边装着蒸熟的红薯,要吃7天。因为家里,除了红薯还是红薯。这些红薯,他要计算好每顿吃多少,要不后几天就没吃的了。天热,红薯三四天就开始拉丝、长毛、发霉,为了填饱肚子,他也得吃下去。

一次,他背着红薯,在夜色中赶往学校,突然下雨了,路滑,他一不小心摔倒了,红薯翻倒在泥巴里。这可是救命粮啊,他赶紧俯身捡,天很黑,他只能借着雷电的亮光在泥泞里寻找、辨认……

中学学费3元,他是靠助学金才不至于辍学。

这就是徐杰的童年。上不起学的滋味,至今是他心头的痛。

多年以后,这个贫困地区的孩子,靠着坚忍的意志,终于打拼出了一片天地。1994年,正值徐杰的事业走向巅峰。

他下了车,走进贫困牧民的家:两间屋,外屋是锅灶,堆着煤,还养着羊,里屋没有门,就一张床铺。羊一跳就上铺上灶台了。一家几个孩子,根本上不起学。

眼前的情景在徐杰的心里掀起了波澜:不能让今天的孩子重走自己当年的路啊!

徐杰当即决定,拿出4万元,资助170多名失学儿童。

令徐杰想不到的是,拿了钱的牧民,并没有把孩子送到学校。在这里,孩子失学的两大原因就是:上不起,不让上。

徐杰急了:怎么说服牧民意识到读书的重要性,自觉自愿地送孩子上学呢?他放下手边的事务,与乌鲁木齐县关心下一代委员会的范祥、陆仪仨、任书贤、吴校长等一起组织人手,给家长办起了学习班。为了达到更好的效果,他把当时的乌鲁木齐县县委副书记巴依穆拉提请来了。一堂课,从知识水平低导致贫困讲到培养孩子成为人才来改变家乡面貌,家长们听着,频频点头,有的笑了,有的落了泪。

第二天,马蹄"哒哒"响,驼铃声悦耳,山路上,一匹匹马儿、一峰峰骆驼驮着孩子,络绎不绝地向学校走来。朗朗读书声在山间回响着,徐杰觉得那是天底下最动听的声音。

徐杰又开始在学校周围转。小渠子哈萨克族学校在乌鲁木齐县办学条件最差。这个学校的院子里到处是羊粪、牛粪,地上坑坑洼洼,还有一个小山一样的土堆,一下雨,满地泥泞。

山上的牛羊动不动就进来了,教室的门缝儿羊都可以钻进来。七间教室下雨就漏,墙皮掉了,窗户玻璃残缺不全,都是用纸或者纸壳子粘上的。桌椅也吱吱乱响,摇摇晃晃,有的缺胳膊少腿,那是曾经爸爸坐过、儿子又坐的桌椅。就是这样的桌椅,三四个孩子挤着坐。办公室的墙上还残留着"文革"时期的标语。实验室、阅览室破烂不堪,教委验收不达标。有的房顶上都长草了。

孩子们在这么差的条件下学习怎么行呢?学校该修缮了!徐杰盘算着。他先拿出4万元将那些旧桌椅换掉了。

那时候山路还没有修,上山很难,徐杰找了车,雇了近50名建筑工人,一车车沙子、水泥源源不断地运往学校。维修量很大,他们一干就是一个多月:拉走黄土堆、平地、铺水泥、砌围墙、粉刷墙壁、换门窗、买文体用具,花了67万多元。一个废弃的部队营房,建筑工人清走了里边厚厚的牛粪,填平了修车用的大坑,装上了窗户和门,在徐杰的资助下,这里文体俱乐部、图书室、阅览室、开水房都有了,孩子们可以在这里上体育课了。

学校一下子焕然一新,墙是雪白的,窗户是明亮的,桌椅是簇新的,地面非常平整,400米的红砖围墙隔出了一个美丽的小世界,安上了大门。孩子们终于可以坐在整洁的教室里安安静静地上课了。

校园里新树立的旗杆非常引人注目。清晨,孩子们高唱国歌,仰望那鲜红的旗帜缓缓升起,庄严的升旗仪式,使孩子们的爱国之情油然而生。

徐杰的资助远不止这些。

1996年,他收到了一封信,是达坂城西沟乡希望小学一个名叫丁燕的失学孩子写来的:"徐伯伯,我终于又可以上学了,老师说是一个叫徐杰的伯伯给我付的学费。我们家被洪水冲了,我住在姑姑家,姑姑给我一元钱,我舍不得花,给您写信,表达我心中的感激。"徐杰顿时感到担忧,他当即来到这所学校,看到连老师都没有坐的椅子,学校缺电,没有暖气。徐杰立刻出资30余万元,定做了两车桌椅运了去,又买锅炉、发电机、拉煤,让学校通上暖气,将原达坂城西沟乡希望小学破旧的校舍改造一新。

从2004年起,乌鲁木齐县永丰乡中心学校的贫困学生受到徐杰的关怀和资助。同样,他将资助这些贫困学生一直到初中毕业。

永远的"六一"

住毡房的娃娃,大山里的孩子,没见过高楼,没坐过电梯,徐杰为他们打开了一扇通往山外的崭新世界。

从1994年开始,每年"六一",是山里的孩子最兴奋激动的日子。因为,他们可以到无比向往的首府去过他们的节日。

"老师，去乌鲁木齐干什么？那里好不好？酒店是什么样子？"这些大山里的孩子们坐在大面包车上，往乌鲁木齐进发。许多孩子都是第一次走出大山，他们又紧张又兴奋，心儿怦怦跳。一路上，他们七嘴八舌，向老师问这问那。他们是1到6年级的学生，都是学校的优秀生，以及贫困生中的三好学生。

每年"六一"的活动，成了皇朝集团的一件大事，十几个大大小小的"头儿"都要忙里忙外。皇朝酒店要给孩子们腾出两层楼，30多个标准间，都是新装修的。

孩子们来到首府，走进漂亮的酒店，每个房间，已经摆上了可口可乐、百事可乐、各种点心、香蕉、梨子、苹果。早餐是自助餐，鸡蛋、牛奶、稀饭、小菜，想吃什么就挑什么。吃得饱饱的，他们坐上两个大面包车，去八路军办事处、烈士陵园、新疆博物馆、科技馆、人民会堂、水上乐园、红山公园等处，接受爱国主义教育，体验都市游乐项目。

孩子们的眼睛亮晶晶的，他们东瞧瞧，西望望，对城市里的一切充满好奇。他们写下一天的感想："我们小学现在的状况与城里的学校相比较差距很远，但有像徐爷爷这样关心我们的企业家，我们感到比城里的孩子更幸福！"

午餐和晚餐为孩子们准备了丰盛的宴席，许多孩子根本没见过虾、螃蟹，也不习惯吃菜。徐杰为了让孩子们吃饱，立即将孩子们的食谱改成了抓饭、烤肉、奶茶、馕。

夜晚，南湖广场灯火闪烁，美丽的音乐喷泉让孩子们惊喜地尖叫。孩子们徜徉于晚风中，心旷神怡。他们围成一圈，自发地演起了节目，朗诵、舞蹈、唱歌，欢快的节目吸引了很多散步的人们，孩子们天真活泼的表演赢得了人们的阵阵掌声。

李媛自告奋勇，担任报幕和朗诵。她是永丰乡中心学校5年级的回族女孩，父亲是山里收皮子的，家里有三个孩子，她是老大。她早上7点45分起床,8点15分,天还黑着呢,她就出门往学校走,3公里的路,9点走到学校。刮风的时候,风呛得她喘不过气。下雨,她也要冒雨往学校赶。上学很辛苦,但是,她却是一个非常用功的学生。

一说起徐爷爷,李媛明亮的大眼睛扑闪着,圆圆的脸儿浮现甜甜的笑:"徐爷爷是我们心中非常好的人,特亲!"在演出中,她充满激情地朗诵着:"我们从来没有玩过这么多玩具、游戏,没有去过这么多地方。今天,我们终于实现了梦想中的一切!徐爷爷那么关心我们山村里的孩子,给予我们那么多帮助,让我们能够受教育,我一定不辜负徐爷爷的期望,好好学习,成为祖国的栋梁之材。"

孩子们争相表演,节目持续到22点多。天色已晚,在带队老师的催促下,孩子们才意犹未尽地回到住处。

书包、运动服、羽毛球拍、文具盒、图书……这是徐杰送给孩子的最急需的"六一"礼物,每个孩子都有份,也是挑选了最好的质量的。

孩子们穿着徐爷爷送的新衣服,背着徐爷爷送的新书包,心情比过年还快乐。回到家里,他们的父母看见穿得漂漂亮亮的孩子,听着孩子唧唧喳喳的诉说,心灵受到了强烈的震动。

乡里最亲的人

徐杰一来,哈萨克族村民亲切地称他是"哈木霍什"(哈萨克语:恩人)。孩子们给他戴大红花,围在他身边,"爷爷"长"爷爷"短的,可亲热了。

74岁的哈力开老奶奶有9个孩子,因为家境贫困,没有一个上成学,现在都在放牧。她的三个孙子是在得到徐杰的资助才上学的,成绩优异。老奶奶感激地说:"以前我年轻的时候对上学不重视,现在也改变了想法,孙子上学,可以成为对祖国有用的人才,如果没有徐杰的帮助,我的孙子还是上不起学。"令她非常欣慰的是她的孙子阿尔达克12岁的时候受到徐杰的资助上了初中,15岁考上青岛高中班,现在在上海读大学二年级。

买那甫在山里放牧,1996年的收入是1200元,要养活五口人。两个孩子都是受到徐杰的资助才上学的,两个孩子都参加过徐杰资助的"六一"活动,孩子很高兴,受资助后学习特别用功。他的女儿阿依那西,11岁,上6年级,担任少先队小队长。她说:"徐爷爷帮我付学费,带我到乌鲁木齐长见识,我很激动,很高兴,还写了心得。"

"企业家对贫困山区学校和学生的资助,这么多年坚持不懈,一般人做不到!"吐尔肯·穆哈穆加尔1993年就在小渠子学校当校长,亲眼目睹了小渠子学校十几年来发生的变化,感慨万千。

现在,这所学校已经有288个学生,哈萨克族学生占60%。1994年以前教学质量还很差,现在办学条件好了,教学质量也跟上来了,在全县的哈萨克语学校里名列前茅。

徐杰付出的心血,对于受资助的孩子们影响很大。全县考上内地高中班的学生几乎都是徐杰资助的孩子。

古丽曼,已经是中央财经大学法学院一年级的学生,她在徐杰的资助下上完初中,去青岛读内地高中班。她的优异成绩是小渠子学校的荣耀。现在,她虽然远在北京,却还清晰地记得第一次去乌鲁木齐过"六一"的难忘经历。现在,在首都名牌大学读书,她心里默默想的是:"好好学习,将来找个好工作,让家里人过上好日子,为家乡做点事。"

她的父亲胡马,一个哈萨克族牧民,祖祖辈辈放牧,养了

六、七十只羊,山上种了十二亩苜蓿,一年几千元的收入,日子过得紧紧巴巴。胡马有四个孩子,大儿子25岁,帮他放牧。三个女儿都是得到了徐杰的资助才上学的。

三个女儿非常珍惜来之不易的读书机会,每天早上她们匆匆喝点奶茶,吃点馕,走三四公里路去上学,中午吃自己带的馕,晚上8点回来,进了家门,做三四个小时作业,夜里1点睡。古丽曼是大女儿,现在二女儿在36中上高三,三女儿在武汉上内地高中班。

女儿去北京读大学了,胡马感到特别光荣,他很感激徐杰的帮助,也认识到了让孩子读书是多么重要的事情。因此,他贷款三万元供孩子上学。

在永丰乡,在甘沟乡,雪山的掩映下,红旗飘飘,我看到的是整齐漂亮的教学大楼和操场。这两所学校当年究竟是一种什么样的状况呢?

学校的老师把我带到了附近一片平房前,当年永丰乡的孩子们就在这里上学:残缺的黑板,坑坑洼洼的地面,破损的窗户……今昔巨变令人不禁生出由衷的慨叹。

好多人有点钱就不认人,他不是

"人生在社会,要有责任感。"这句话看似普通,出自徐杰之口,分量却很重。十几年来,他一直用行动诠释它的内涵。

前不久,一个来自达坂城的十七八岁的女孩子,每天到皇朝集团,说要找"徐伯伯"。别人问她有什么事,她也不吭声。直到见到徐杰,才说出了缘由。原来这个女孩是徐杰资助过的贫困生,现在上大学了,没钱交学费。徐杰给了她四五千元钱,孩子感激地走了。这样的事情对于徐杰来说已经是司空见惯,他已经记不清资助过多少这样的孩子。

在徐杰的手下,有许多跟了他很多年的人,他们就图徐杰人好。

朱向明,18岁就跟随徐杰,在徐杰的培养下已经成为皇朝酒店的总经理。

"他会发现你的闪光点,而容忍你的其他缺点。他的心肠太好了,每年过年都会去看望贫困生和贫困职工,给他们送去慰问品。就连哪个员工过生日,他都会惦记着,提醒我们买蛋糕。"

朱向明说,徐杰总是提醒他:"六一"的事情,比公司任何事情都重要,这三天一切都要围绕这件事情,直到把孩子们送到回乡的车上。每年光吃住、车费、门票、礼品等要花费四五万元。除了出差不在,徐杰都是全程陪同。那两天,徐杰甚至成了"孩子王",他为孩子们当讲解员,讲述革命先烈的英雄事迹;和孩子们做游戏;为孩子们夹菜。

"其实目前,公司处于低谷复苏时期,而他自己,还身患重病。"朱向明神情凝重。

一个跟随了他多年的司机说:"我很佩服他的人格,很仁慈,好多人有了钱就不认人,他不是。"

徐杰生病以后,来看他的人很多很多,除了他的朋友,上至自治区、市、县领导,下至平民百姓。即便离开公司已经10年的员工,都来看他。

徐杰把员工当做自己的亲人,每个部门和科室都有为公司服务15年乃至20年以上的员工。

有人需要帮助,他就会伸出援助之手。

前些年,煤气罐很紧张的时候,他的一个员工需要煤气罐,他二话不说,就把自家的煤气罐搬去了,丝毫没考虑家里做饭成了问题。女儿当时不理解,好多天不和父亲说话。

女儿徐睿丽是北京外国语学院毕业的高材生，留学并定居国外。因为父亲生病，刚从国外回来。

见到我，徐睿丽优雅而随和地微笑着，谈起父亲的时候，美丽的眼睛泪光莹莹：

"父亲做事从来不说。他为人处事的态度对我影响很大。其实这么多年，我都是从媒体上才了解了父亲对社会的奉献。"

"在我眼里，他太忙，甚至没有带我们出去玩过。但是，他却处处替别人着想，为别人解忧济困。"

爱是正大无私的奉献

这些年来，徐杰为希望工程、温暖工程、残疾人、贫困灾区等各类慈善事业的捐资超过了千万元。早在1988年，他下海没几年，新疆学校危房改造捐款，他出手就是8000元，在乌鲁木齐水上乐园的纪念碑上镌刻的名字里，第一个就是他。

为别人解忧济困的时候，他很慷慨，每每一掷千金。

但是，明眼人却看到，他成天提在手上的黑皮包已经毛了边儿，出差用的箱子跟随他十几年，拉链都修了好几回。他身上一直穿着的红色线衣，也给人留下了一种俭朴的印象。

一起吃饭，他叫服务生每两人发一包餐巾纸，吃完饭，他又总是提醒"剩饭打包"。下班晚了，他和司机在路边买个馕，吃几串烤肉也是常事。

他的孩子们记得，小时候上学的时候，父亲已经是赫赫有名的"老板"。可是，当父亲的从来都是教育他们不要乱花钱。女儿的一个同学过生日的时候请全班到酒店吃饭，同学问她为什么不请客，同学过生日女儿还为拿不出像样的礼物很有些抱怨。父亲却说："你就是要学会节俭。"

徐杰也有他的烦恼。以前,他的事迹一经见报,他立刻会收到好多全国各地的来信,还有找上门来的。火车票丢了的,找工作的,上学的,家人生病的,不一而足。目的只有一个:要钱。开始,徐杰还真诚地给他们买票。可他没想到的是,没过几天又能在乌鲁木齐看到他们。

社会上,有很多企业家也会搞些慈善活动。但是,像徐杰这样坚持了十几年的企业家,却是凤毛麟角。

作为一名企业家,徐杰身上已经有了许多光环:全国"五一"劳动奖章获得者,自治区劳动模范,自治区民族团结模范,希望工程的楷模;他连任两届自治区政协委员,连任三届乌鲁木齐市、县人大代表和人大常委会委员。他还担任自治区工商联,乌鲁木齐市工商联,自治区、市光彩事业促进会常务副会长等数十种社会职务。

坚持正义,为人从善,是徐杰做人的信条。

有了钱,徐杰首先想到的是关爱亲友,回报社会。

从小,徐杰接受的传统教育就是:你敬我一尺,我敬你一丈,人要做好事。从范仲淹的"先天下之忧而忧,后天下之乐而乐",到毛泽东的"为人民服务"的思想,都对他的人生哲学产生了深刻影响。

徐杰小的时候,印象最深的事情就是,家里过年才能吃到细粮,但是客人来的时候,家里没细粮也要去邻居家借来招待客人,细粮放在上边,粗粮放在下边;菜也是这样:炒鸡蛋和肉片放在上边,下边是红薯叶、萝卜叶,让客人吃上边的,自己吃下边的。

给人的多,拿人的少,才能把邻里关系、亲友关系处好。这是徐杰一直奉行的做人原则。

执掌一个有两家驻外机构的庞大公司,徐杰已经是殚精竭虑。尽管如此,他的一份关爱始终牵念着贫困山区的孩子们。

他是自治区和乌鲁木齐市关心下一代工作先进个人,皇朝集团是自治区关心下一代工作先进集体。他还是乌鲁木齐县关心下一代委员会常务副主任。

每年的"六一"活动,得到了自治区、乌鲁木齐市、乌鲁木齐县三级关心下一代委员会的大力支持,以及皇朝集团员工的积极配合,这给了徐杰更大的决心。

徐杰认为贫困山区穷的原因不是人民不勤劳而是自然灾害造成的,更是由于家境贫困从小失学没有受到良好的教育造成的,他对于失学儿童有一种天然的同情。这种情意是深沉的,这么多年一直割舍不下。

"这里离乌鲁木齐只有几十公里路,好多孩子却从没来过,怎么谈得上见世面?"

"现在虽然困难,但是,只要还有能力帮助他们,我就要把这件事坚持做下去。"

"这个活动确实对孩子们的学习有促进,我们花钱也值得。"

山里的孩子们已经把进首府过"六一"当成了一种荣耀。每年孩子们都会通过各种途径打听:"徐爷爷,我的学习又进步啦,我们学校的少先队员想念你,想去看看皇朝的叔叔阿姨!今年能去过'六一'吗?"

"这是诚信问题,我们已经答应了孩子们的事情,就要说话算数,这关系到企业的声誉。"

徐杰正在筹划着,准备把他资助的孩子们带到北京去过"六一"……

"关注贫困山区的孩子们,其实也是和谐社会的需要,能做点力所能及的事情,何乐而不为呢?"

有人说：一个健康、追求幸福的人，不能没有一颗感恩的心；一个健康、追求可持续发展的企业，不能忘记自己的社会责任。

从徐杰的故事，我们感受到了一位民营企业家强烈的社会责任感，他满怀一颗爱心，热情地伸出手，去扶弱济困，回报社会。他从1988年起，累计为慈善事业捐助资金已经超过千万元。

比挣钱更难的事可能就是捐钱了。这也是为什么慈善家难当的一个原因吧。更难得的是，无论事业处于高峰或低谷，身体健康还是患病，徐杰的目光始终关注社会，他的情感始终牵挂着那些贫困山区的失学儿童。在他担任的许多社会职务里，乌鲁木齐县关心下一代委员会常务副主任和自治区、市光彩事业促进会常务副会长的社会头衔特别意味深长。每年，在自治区、乌鲁木齐市、乌鲁木齐县关心下一代工作委员会的大力支持和协助下，徐杰总是在孩子们最热切的期盼中奉献着一份爱心。

在他生病期间，当关心下一代工作委员会的同志特意赶到医院看望他并表示感谢的时候，他却连连说："我做得还不够，还不够。"

谁都清楚，一个人做一件好事并不难，难的是长年坚持不懈地做下去。将善举进行到底，体现了一种崇高的精神境界，也彰显出一位慈善家的气魄。

比尔·盖茨第十次访华，对于中国慈善家的呼声在国内再度高涨。善举的源泉来自何处？其实很简单，来自心灵，来自根植于血脉中的一份爱。当一个人辛苦耕耘终有收获乃至积累了财富的时候，如果他想到的是取之于社会，用之于社会，自然会对财富的用途赋予新的理念。

就像很多慈善家一样，徐杰认为这种捐助他人的行为可以带来一种莫名的幸福感。

新疆建筑群落里的风景

那些错落有致的令多少人着迷的喀什高台民居,如何抵御不可避免的自然灾害的侵袭?那举世闻名的喀纳斯旅游风景区,什么样的建筑才最与她旖旎的风姿相匹配?

新近当选为中国工程院院士的王小东,要做的事情够他忙乎一段时日。

在躁动的"欧美风""抄袭风"劲吹建筑领域的时候,这位建筑大师的目光始终朝向他脚下这片广袤的土地。他的建筑作品,是新疆建筑群落里令人眼前一亮的风景。熙熙攘攘、人声鼎沸的著名商业圈和旅游地——新疆国际大巴扎——就是他的代表作之一。

2月15日,我与王小东约谈,他儒雅的书卷气质与谦和的大将风度,令人印象深刻。

坐在办公桌前,王小东手握一支笔,一边和我聊,一边在纸上画着,他说记几个要点。我心里想,真不愧是学者,什么时候都很有条理。

采访结束的时候,我无意中看到王院士刚刚记录过的那张纸,已然是一幅建筑物速写画……

到新疆,缘起于一颗浪漫的心

有意思的是,在新疆44年,王小东画水彩画一直没有间断。似乎唯有画笔和颜料可以酣畅地宣泄他对于新疆的钟情。

他毕业志愿填写"新疆",缘起于一颗浪漫的心。被新疆这片奇异的戈壁、雪山、森林、牧场所吸引,他放弃了留在北京、上海等大城市。

"记得刚到新疆不久,那时的乌鲁木齐建设远不是今天的样子,我画了一幅以天山博格达峰为背景的城市水彩画,当然其中有不少建筑是我虚拟的,画名为'一个建筑师的梦'。想到自己亲手画的图纸变成现实,就有一种冲动感。有时一些未完成的图纸竟会以建成的情景出现在梦中。"

怀揣着彩色的梦想,一踏上新疆这片热土,他就时常背着画夹,四处写生,大街小巷、风土人情、自然风光,都成了他笔下的一幅幅流光溢彩的图画。他的情感也在日日描摹中变得愈发醇厚炽热。这些情感为他自成一体的建筑设计理念的形成奠定了基石。他的执著,他的探寻,他的理想主义,都在他的建筑创作中得以展现。

1980年,是王小东建筑设计生涯的一个重大拐点。他首次在吐鲁番招待所及外贸楼的设计中探讨新疆地域建筑,对新疆建筑的风格、地域性等作了初步的探索。开始注重在自己的建筑创作中捕捉传统中最具有生命力、最本质、最敏感的因素,融化于新建筑中,那些翠绿的葡萄架、那些延续一千多年的冬暖夏凉的拱形结构等等,从而使这部作品既富有浓厚的传统特色,又具有较强的时代风貌。

这部作品问世后,受到国内外建筑大师的肯定,促使王小东在自己的建筑创作中,坚定了一种信念,自觉地将现代建筑和地域特点、民族文化结合起来。

月光和小鸟

看电影,是王小东生活中不可或缺的内容。以往的《红高粱》《黄土地》《秋菊打官司》和正在热映的《集结号》《投名状》这些影片他都看过。我们可能会为一个忙碌的建筑设计师为什么会花时间去看电影而有些不解。其实,看电影,还是与他喜爱的建筑设计有关。他是要在电影里体察当代社会思潮的变化,关注社会审美观的发展。

他还喜欢拍照,走到哪里,都带着一架照相机。几十年来,他走过世界上许多国家,到一个国家,他往往拍两三千张照片。他也走遍了广袤的新疆大地,一栋很不起眼的民居,一段摇摇欲坠的土墙,都有可能因其与久远历史的连接、与当地民俗的瓜葛而留在了他的照相机里,成为他建筑设计和研究的宝贵参照物。

这些年,他拍的照片太多了,以至于需要一个助手来帮助整理。那一本本已经出版的他的厚厚的著作和译著《西部建筑行脚》《伊斯兰建筑史图典》等,都折射出一位建筑师沉潜于建筑设计研究领域的一种可贵的治学姿态。

"我从小受到的教育不是升官发财,而是成为著名学者。"王小东说。

走进他的办公室,首先映入眼帘的是几个摆得满满当当的书柜,而这只是一小部分,他家里的藏书摆满了客厅和书房。

1963年,他从西安冶金建筑学院建筑专业毕业,坐火车来新疆的时候,甚至连衣服被褥都没带,他的行囊就是一捆捆的书。

王小东随手从书架上取下一本书,我一看,是《马克思列宁主义美学原理》,发黄的扉页上写着:1962年于学校。

读书,是王小东每天生活中不可或缺的一部分,不论多忙多累,每天早上和晚上,他都坚持读书。"阅读很重要。"他说。文化的积淀决定了一个人的价值观和鉴赏力。每天读书一小时,日积月累就很可观。当然他读书的时间往往远不止一个小时,内容涉及古今中外的文化艺术、历史哲学诸多领域。我快速地浏览了一下他的书架,《世界文明史》《龟兹文化研究》《达尔文的黑匣子》《简明不列颠百科全书》《伊斯兰建筑史》等等,有中文,也有英文。

"根据我几十年来的观察,一个成功的建筑师,并不完全是由学校培养出来的,他应该从小受到良好的全面的素质教育,有丰富的知识,善于和人交流,同时还应是一个学者型的理想主义者——即通过建筑关心和造福社会,造福人类。由此我体悟到所谓文化的建筑主要是指建筑师的整体文化素养和社会文化素养。而建筑师在他的作品中要体现出尊重人、尊重环境、注重社会、尊重历史的同时还应具有积极的价值观和高水平的鉴赏力。"王小东如是说。

在王小东的工作室,墙上一幅遒劲的字颇引人注目:"眠云。"这是香港的一位建筑师特为他而写。在国内外学术会议上,他的关于建筑设计的学术报告总是充满了诗情画意,令人心旷神怡。

"人活着要有诗意。"他说。

他总是慨叹:"月光和小鸟对我已经很陌生了。"

这么多年来,在他的建筑设计中,他坚持的,恰恰是要找回家园、童心、诗意、幻想。

与王院士交谈着,一缕淡淡的咖啡的味道缭绕着。

民族、地域是确认我们身份的源泉。

"新疆需要有代表性的民族特色建筑。"王小东认为这是新疆建筑师的神圣使命和职责。

翻开他的速写本,里边是几张喀什民居速写画,每一张画底下,标明着1981年、1986年、1996年、2007年。再一看,几张民居都是一处地方。很有意思的是,我们在不同年代的民居上感受到时光的流逝,发现了同一座民居的细微变化:房子从土坯变成砖块,土坡变成了台阶,这里多了几段木头,那里添了一扇窗户……

一般人谁会去关注这些啊?王小东却以他那建筑师的敏锐目光,记录下来这珍贵的历史变化。

那些细致描摹出来的速写画,见证了喀什民居不变中的变化,也给了王小东许多宝贵的启迪。

在喀什这座中国历史文化名城,那些代代传承下来的古老民居,一直是王小东眼中关注的焦点。而当他游历世界许多国家,发现喀什的建筑风格与欧洲建筑的共鸣之处,令他思接八荒、遐思飞扬。为了防止这片古老的民居免遭年代历久的剥蚀,或地震的毁坏,他要把喀什民居(包括庭院)按风格、空间的需求,用现代化材料一块块地更新,真正把喀什民居保存下来,从而把当地的回忆、当地的氛围、当地的生活保留下来,赋予其新生命。更新后的民居有上下水、有暖气,可以抵抗8级以上地震。每次他去喀什都要拍很多图片,已经画了几十张设计图,工作量很大。

他正在做的项目还有喀纳斯的旅游景区规划,为此他要通过研究图瓦人的建筑风格和当地民俗，改变以往照搬瑞士、西藏建筑的格局，真正赋予喀纳斯以新疆本原的特色。

乌鲁木齐市的城市建设究竟应该注重什么样的特色风格，也是他着手要做的研究课题。

他刚从斯里兰卡回来，游历世界，观察过世界上形形色色的建筑，他更加坚信了只有民族的才是世界的，也才最有生命力。他反对抄袭，也反对照搬，坚持在建筑设计过程中保持传统性、体现时代性、反映新疆特色。

"虽然信息、媒体等把地球缩小了，工业化也带来了对传统的冲击，但是我们要思考怎样充分认识自己的身份，民族、地域就是确认我们身份的源泉。"

"越是全球化，地域文化就越是珍贵，地域文化不是与全球化抵触的，而是互为依存互补的。"

无论低潮还是高潮，王小东一直把职业的神圣放在首位，任新疆建筑设计院院长16年来他从未放弃建筑创作，1999年退居二线成立工作室，在短短8年时间里，他的创作能量如火山喷发，设计创作了大量工程：新疆国际大巴扎、红山体育馆、新疆地质矿产陈列馆、新疆博物馆等，屡获区内外大奖；2005~2007年，他个人更成为新闻人物，获国际建筑协会罗伯特·马休奖、第四届梁思成奖，荣膺中国工程院院士。

"我对新疆地域建筑的创作最早完全处于一种生活信念，身在新疆，就应该创作出具有新疆特色的建筑作品。早在20世纪80年代初，就开始系统地调查研究新疆建筑及世界伊斯兰建筑的各种资讯，从这些传统建筑中了解他们产生的根源、空间构成、建筑装饰、建筑材料应用的特征等，同时对世界上各种建筑流派如后现代主义、晚期现代主义、解构主义等做了研究，逐渐形成自己独特的建筑观。"

几十年来，王小东一直在不断地进行着可贵的思考，譬如民族风格不能成为建筑创作中生搬硬套的一种符号，追求个性和唯一性的同时还要看到建筑的共性和群体性等等，以及一位建筑师在日益加剧的全球化进程中如何把握自己建筑创作的轨道。

他认为，地域建筑是特定地域中建筑空间的构成与该地域中的自然、历史、人文、原型空间密切地渗透在一起。全球化和地域建筑是两个对立方向的潮流，必然会碰撞，但不会有胜负。地域建筑最精确的体现是一种瞬间的深入，是时间、空间的某一刻的具象化。它和地域环境的联系是千丝万缕的。地域建筑具有深厚的历史血缘，是人类社会生存竞争的战利品，所以他有一种天然的和谐性、生态性。作为全球化的逆反，新地域建筑的观念逐渐转向自然、气候和人文传统等方面，这是一种经过了修饰、再被放大、重新演绎的空间，是文化遗产在建筑中的折射。这是王小东的地域建筑理念。

走进王小东构建的那一个个建筑空间，我们体味一位院士的诗意人生。

那富有浓郁的穆斯林文化色彩的国际大巴扎，那座有着雪莲花瓣屋顶的线条流畅的红山体育馆，那散发着西域文化的丰厚内涵的新疆博物馆……里边，都包藏着这位建筑大师的赤子情怀。

无论是远眺，还是走近，其中所透露出的属于新疆这片土地的气息，都会扑面而来，在不知不觉中，唤醒人们心底最渴望的东西：那是诗意，是文化，是人们的精神家园。

如果说建筑是凝固的音乐，那么它也是凝固的历史，凝固的文化。它穿越千年历史文化又融入一个当代建筑师自我的创新。从王小东的作品里,我们可以真切地感受到这一切。

当国内建筑领域沾染了盲目抄袭国外的风气的时候,新疆也不能幸免。作为一名建筑师,王小东的可贵之处就在于,无论遭遇人生的低谷还是高峰,他一直坚信:作为一名身在新疆的建筑师,有义务用自己的职业职责去呼唤文化的回归,用建筑作品去提升这座城市的文化底蕴。

他认为文化可以拯救困境中的建筑,文化也可以拯救世界。当他努力根植于新疆,去发掘新疆最本原的历史文化、民族传统,并与世界潮流相融、与时代同步的时候,他的建筑作品就是他的这种信念的体现。在经济全球化的背景下,建筑文化上的民族特性对于提升一个国家的民族凝聚力、自信心、荣耀感变得尤为重要和迫切,它是一种身份的证明,是一种标志的体现。

从王小东的建筑作品所得到的社会的褒奖,我们也更有理由认定,月光和小鸟,诗意与家园,不仅是这位建筑大师毕生追寻的东西,也同样是人类共同的向往。

一位国际钢琴家的故乡情怀

初 识

在拜城县,有一所"封颖钢琴学校"。那一天,当我在偶然之间与封颖邂逅相遇的时候,小巧的她冲我灿然一笑,全然没有大牌明星的架子,以至于我那一刻并不知道她就是我要采访的钢琴家封颖。具有"世界钢琴大师"光环的她,在朴素、平民化的风采下,使人生出一种敬意,一种感动。

之后,在对她的了解还只是一点点皮毛的当口,我先去聆听了她的音乐会。这是这个县城有史以来的第一场钢琴音乐会,是由她带来的,纯公益性。和以往参加任何一场音乐会一样,我首先是一个音乐爱好者,其次才是以个人的身份。

我看到,在这个小小的南疆地区的县城,观众还远没有成熟,影院总显得嘈杂、纷乱。可是,当她站在这个简单的舞台上,就如同站在几天前的林肯艺术中心的舞台上一样。甚至,比那时更加全力以赴。

她在一场音乐会上,换了三套演出服,服装的颜色煞费苦心:先是安抚人心的蓝色,继而是给人梦幻的紫色,最后是点燃热情的红色。将音乐会推向高潮。

她在每一个激情澎湃的大幅度的演奏之后,还要拿起话筒,气喘吁吁地向台下的观众讲解她所弹奏的钢琴曲的作者、背景以及表达的主题。这对于钢琴家而言,是很要命的事情,弹琴的精确度很高,当她忽然要把全部精力从指尖转移到用语言表达的时候,会非常累。可她就是甘愿为故乡的人们付出一切。就这样,她让那些几乎都是第一次欣赏严肃音乐的人们,通过她的舒缓平和的讲解,恍然领悟音乐的意境。

　　最后,她别出心裁,在欢快的民族乐曲中,与观众一起跳起了维吾尔族舞蹈。

　　她就是这样具有预见性和亲和力,运用了她的种种"花招",让一切水乳交融,不带任何生硬的痕迹,使这些初次涉猎钢琴音乐会的人们,在高深莫测的海洋里不至于迷失,或者倦怠。

　　于是,人们在这间简单的影院里,耐心地在她那具有高难度演奏技巧而又艰涩难懂的乐曲里跋涉,继而在优美抒情、雅俗共赏的旋律里心旌荡漾,获得美好的艺术享受。这也是她的最终目的。她就是要让人们能够在这场难得的音乐会里,了解世界的声音,提升音乐的素养。

　　人们被音乐陶醉着,也被封颖无比敬业的精神感动着。

渊　源

　　我坐在影院的一角,曾经奇怪:为什么一位仅仅在这个小县城待过3年半的蜚声欧美乐坛的钢琴家,要挤出演出档期,万里迢迢,义务来为这里的人们演出呢?听着听着,她在音乐会上反复强调的主题——祖国,故乡——诠释了这一切。

　　封颖,1976年出生于拜城县,幼年就离开拜城去上海大都市学琴。一年后,即6岁就举办个人钢琴音乐会,从此踏上通往国际乐坛的音乐之路。

幼年的她,其实相当顽皮贪玩,她骑坏了4辆自行车。她还让她的自行车上同时站6个人,"大鹏展翅",形如杂技。她还要故意飞起后轮,来个"蝎子摆尾",飚出水花。由于贪玩,她的考试成绩甚至有过零分。母亲常常要拿一把戒尺站在她的旁边监督她练琴。

为什么这么贪玩的孩子,日后会走上"女祭司"般清苦的钢琴家之路呢?

"我想做一件事就一定要把它做好。当我明白了我热爱钢琴,再苦都不算什么。"

"我是个不会走捷径的人,我坚信音乐要有基础,一座辉煌的金字塔缺一块砖都绝对到达不了它应有的高度。"

"生活和音乐、艺术对于我而言就是一件事。"

由于对钢琴艺术的酷爱,她每天工作10个小时以上。

封颖16岁就在香港国际公开赛夺魁,并以第一名的成绩毕业于巴黎国立高等音乐学院大师班,获当今欧洲最高的音乐艺术表演学位,以及不胜枚举的音乐竞赛奖项和各类著名音乐机构的奖励,还获得美国曼娜斯音乐学院颁发的艺术家荣誉称号。近年来,封颖在欧美各地的独奏音乐会每月达17场。去年12月,她在上海大剧院举办在中国的首场钢琴独奏音乐会。

从3岁半离开拜城以后,封颖近30年阔别故土,心却始终与故乡息息相通。曾经有一件很神奇的事情,她在美国拍摄了一组风光照,爱不释手,带回国给妈妈看,妈妈惊呼:这里的地貌和新疆拜城一模一样。的确,冥冥之中,封颖的心灵在幼年就印刻了家乡的景象,她就是喜欢这样一种山色。于是,成年的她更加渴望回到故乡。

她说:"一个人的出生地很重要。我是喝卡布斯浪河的水长大的。我就是喜欢戈壁的辽阔,我的血液里流淌着一种奔放和热情,这和我出生在新疆少数民族地区有很大关系,虽然那时我不记事,但那是塑造我人格的前提条件,那是生我养我的故乡给予我的。"

初夏5月,封颖走在黄沙地上,坐在奔流的卡布斯浪河边,眼望着纯净的河水,感觉特别美,小时候的记忆——浮现在脑海里。她有一种找到了自己的根的欣慰。

"别看我在家乡总共只待过3年半,童年的记忆依然清晰,那些高高的树、食堂的大门,家里的摆设,仿佛历历在目。"

挚 爱

封颖回来了!这个消息让拜城这个小县城沸腾了。离开演还有3个小时,影院里已经拥进去很多热心的观众,他们交谈着,等待着。封颖比他们更加郑重其事。午饭以后,她就来到舞台上开始做准备,排练、调琴,忙得不亦乐乎,直到晚上9点半开始演出。

爱国,爱家乡,成为这场音乐会贯穿始终的主题。这是封颖最想表达的心声,也是她万里迢迢来家乡进行公益性演出的原因。

12岁的阿力米热·吐尔洪身穿蓝色艾德莱斯绸花裙,头上扎着艾德莱斯绸带,她是专程从阿克苏赶来听这场音乐会的,还准备上台演奏一曲《欢乐的牧童》。她还准备了一束鲜花,要献给她所爱戴的钢琴家封颖。她入迷地聆听着,激动地说:"我本来对练琴有抵触,现在,我要把练琴时间加长,以后成为像封颖一样的钢琴家。"

封颖要把在美国、巴黎学到的最高水准的钢琴技艺传授给中国拜城县的孩子,最终让中国的钢琴家在世界拥有一席之地。她为此特意在拜城县成立了一所"封颖钢琴学校",并捐赠了三架钢琴,还要定期回来为孩子们授课,拜城县从此有了一所专业水准的钢琴学校。以往,为了学钢琴,拜城县的琴童都是在双休日坐上班车耗费两三个小时去阿克苏市学钢琴。如今,孩子们不必再为求学无门而发愁了。

封颖还是拜城县的形象大使。今后,无论在世界的任何地方,只要是她的钢琴音乐会,就会将拜城宣传出去,这也是封颖决心要回报家乡父老的一片赤子之心。

参加"封颖钢琴学校"揭幕仪式的阿克苏地委副书记吴成感慨地说:"封颖不仅演奏技艺高超,而且品格令人叹服,她此次来新疆,举办了阿克苏地区从未有过的少儿钢琴大赛,并对每个参赛的孩子进行辅导。,她在阿克苏地区成立了三所钢琴学校,包括拜城,她一共捐赠了9架钢琴,这些都对地区少儿钢琴人才的发掘、培养和促进青少年素质教育产生了不可低估的作用。"

是的,当她花了半年时间准备的钢琴音乐会开场的时候,她把童年记忆中的《梦幻曲》献给家乡父老,她将自己改编的《走进新时代》深情演绎并赢得观众热烈的掌声,她一袭红裙,激情澎湃地演奏了《保卫黄河》,献给抗震救灾的英雄们。她的爱国心、故乡情始终贯穿于音乐会,令人为之感动,为之振奋。

结束拜城之旅后,她立即赶赴南昌参加赈灾义演。

封颖还会回来的,拜城尽管遥远,却有着于她而言形同生命难以割舍的情结。

村官刘刚的民生情怀

身价上亿的私企业主刘刚,在被推举为哈密市西河区街道大营门村党支部书记、村委会主任之后,不负众望,在上任一年多的时间里,就让一个原本矛盾百出的村子变成了哈密地区经济发展、社会稳定的一面旗帜。

刘刚的"绝招"是什么?我在采访中发现,作为一名村官,他的心里装着村里的父老乡亲,愿意与村民敞开心扉说心里话,关注的是村里的民生大事,为村民办实事儿,一门心思带领村民实现共同富裕的梦想,从而赢得了村里各族群众的信任和支持,使这个少数民族占80%的村子各项事业发展风调雨顺,形成良性循环格局。

刘刚认为,村委会的工作其实也很简单,就是一碗水端平。他上任后,村里的头一个大变化是:村务公开。村民们即便是坐在家里,村里的大事小事都知道。以前村里的事儿村民不知情,矛盾纠纷也因此屡屡发生。现在,他健全村民代表大会,建立十户长制,十户长负责上情下达,及时传递民情民声,大事小事都由村民代表大会决定,彻底改变以往队长说了算的局面,农民参政议政当家做主了。

第二个变化就是干实事。上任仅仅两个多月,他就将村子里多年遗留的140多件问题解决了130件,人心稳了,人心齐了,也使得村两委班子可以将精力放在全村的整体发展和实施重大事项、着手解决民生问题上，规划勾勒村集体经济发展和广大村民富裕的美丽梦想。

村民们最忧心的是吃水难，自来水贵如油，电时有时无。刘刚看在眼里急在心里。上任后，他首先就着手解决村里的水电问题，村里拿出几百万元进行上下水工程改造，修电网，铺路，为村民排忧解难。

当村官非常累，白纸黑字的承诺，必须要做到，所以付出的也是常人难以想象的。刘刚上任一年半没有出过门，在"六一"儿童节那一天，他是第一次带女儿出去玩。儿子生病，他忙得无法照看，晚上往往是很晚才回来，甚至好几天才能见儿子一面。

上任以来，刘刚一直筹划着一个令人振奋的大手笔，打造一个西北地区最大的建材城。这里边，凝聚着他对村里的父老乡亲的深厚情谊。

今年也是村里的建设年，目标是抓大项目，保留土地就是保发展。村里的600亩土地建儿童公园，少数民族风情园。刘刚考虑的是，农民一辈子只会种地，土地被征迁的农民事实上往往就没有了稳定的收入。所以，他决定要把农民现有的钱聚集起来，用来经营，最后给农民分红，让他们子子孙孙都有生活来源。所以他要在哈密新老城之间打造一座西北地区规模最大的建材城。这一大手笔，赢得巨大反响，目前25万平方米的商铺，刘刚优中选优，让信誉好的名优企业入驻。

上任以来，每个月，刘刚都要给广大村民写亲笔信，每一封信都饱含情感，向村民们汇报一个月以来村两委班子的工作进展、需要解决的问题、已经解决的问题以及下个月准备做的事情。

他也以这种方式，拉近了与群众的距离，凝聚了民心，使整个村的各项事业蓬勃兴旺。

村官刘刚的民生情怀,赢得了村里父老乡亲的拥戴。81岁的村民巴斯提热依木·尼牙孜乐呵呵地告诉我:"有了新的班子,以前办不到的事情,现在都办到了,我们对以后的生活充满了希望。"

村支书买提沙乌尔的胸怀

走进策勒县策勒乡阿克库勒村,我们看到,街道上飘扬着红旗,文化活动室里琴声悠扬,歌声动听,整个村子洋溢着蓬勃向上的气息。村党支部书记、村委会主任买提沙乌尔·胡大拜尔地让他所在的这个村子活力四射,村民们总是感觉生活有盼头,有奔头。

看上去沉静、持重的买提沙乌尔已经当了15年村委会主任,他办法多,行动力强。他说:"用现代文化引领群众,非常重要,群众很需要,也很欢迎。"

在这方面,他想了很多办法,包括组建农民文艺演出队,把村里身怀绝技的民间艺人们组织起来,每周给村民演出;而那些喜欢体育运动的村民也找到了施展才能的平台,乒乓球、排球、拔河等比赛热热闹闹;一支颇具特色的农民志愿队一边挨家挨户地宣传党的惠民政策,一边给村民免费测血压,这些扶贫济弱的公益活动暖了村民的心;开展评选五好家庭、十佳妈妈、致富带头人等活动,也让村民们干劲倍增;在文化一条街上,吐尼莎汗妙手编织中心,麦麦提艾力理发店,麦图荪日用百货店……一个个新开起来的店铺欣欣向荣,不仅使村民有了新的致富门路,而且方便了村民的生活。由于村支书解决问题能力强,带领村民致富的干劲足,使这个村子人均收入超过其他村。

更可喜的是,这个村子的村民精神面貌健康向上,党员队伍不断壮大。买提沙乌尔十分善于从年轻人中发现和培养党员新生力量,那些具有先进思想、积极上进的青年成为重点培养对象。村里的党员已发展到39名,还有不少入党积极分子。他说:"我们是在党旗的指引下开展村里的各项工作的!"

我来到了党员阿依加玛丽汗·麦提托合提的家。阿依加玛丽汗·麦提托合提就是村支书买提沙乌尔培养发展的党员。入了党,她的目标更明确,干劲更足,她带领村里的妇女组成编织合作社,已有50多个妇女参与编织地毯,每人每月可增加1500~3000元收入。这个编织合作社里又涌现出五六个入党积极分子。阿依加玛丽汗·麦提托合提告诉我:"我父亲也是党员,党给了我们那么多优惠政策,让我们的生活越来越好,所以我也入了党,要向更多的妇女宣传党的政策,带动更多的妇女勤劳致富,听党的话,跟着党走。"

54岁的买提沙乌尔始终以一个优秀共产党员的标准严格要求自己,忠诚党的事业,热爱本职工作,旗帜鲜明地维护民族团结。在他的带动下,该村与相邻的托万托格拉克村共建友好邻村,民汉村民团结协作,干了很多实实在在的事情。他多次去托万托格拉克村与那里的干部群众交流,主动倡议两村相互帮助,解决生产生活中遇到的各种困难。由于策勒乡干旱缺水,每当灌溉高峰,容易发生争水矛盾。买提沙乌尔看在眼里,便在每年农作物急需用水期间,与邻村协商,共同做好协调用水工作,避免了各种矛盾的发生。在生产管理方面,他也是个有心人,他看到邻村种植经验丰富,刚好和本村擅长畜牧养殖形成互补,于是就主动带领村子里养殖经验丰富的村民去托万托格拉克村,帮助解决汉族村民养殖方面遇到的问题,在农业及林果业种植方面,托万托格拉克村干部也经常带领种植技术能手到阿克库勒村,手把手地教当地维吾尔族村民蔬菜种植、果树修剪及病虫害防治等技术。几年来,在两个村的共同努力下,两个村的经济均得到加快发展,迈入策勒乡农业经济先进村行列。

这是一位村支书的博大胸怀,买提沙乌尔正在脚踏实地地带领全村村民走向更加美好的明天。

杏农吐尔逊的梦想

在英吉沙县萨罕乡阿恰力村,杏农吐尔逊·夏比提的经历颇具传奇色彩。

1月25日,我见到吐尔逊的时候,他正在杏园里修剪杏树。45岁的吐尔逊话不多,一脸淡定神情,可他却是当地赫赫有名的人物。他有20亩杏园,大约2000棵杏树。他家从父辈起种杏树已有30多年。他是跟父亲学会种杏树的,他的杏树按时施肥、剪枝,杏树茁壮,结出的杏子又大又甜。每年,县里的赛杏会上,他都拿了奖。

和其他农民不一样的是,他并不满足于仅仅种好杏子。他的脑子里装着比种杏子更多的东西。他正是靠着一股闯劲儿,一步步地实现自己的梦想。

在这个偏僻村落里,1996年,他就做了一件令人咂舌的事情。他在卖杏子时,听见有人提到天津,就萌生了去天津闯一闯的念头。说干就干,他雇了车,装载了40吨杏干,还带了两大箱馕,第一次踏上梦想之地天津。这对于一个足不出户的农民,无异于一次壮举。他并不觉得这是冒险,他走了四天四夜到达天津。虽然语言不通,他在天津却前前后后待了一年。

在天津时,仓库离住地12公里,打出租车需要70元钱。为了省钱,他花450元买了一辆自行车,在仓库与住地之间来回跑。杏干终于卖完,由于刚开始是摸索和寻找销路时期,以致亏了7

万元。虽然亏了,他却"买"回了丰富的经验。现在,天津那边已经有了销售点,天津需要多少货,他就从新疆发多少货。销售渠道打开了,他的收入越来越好,还在天津买了房子。

回想起当年那次打拼,他说他从没后悔过:"我靠杏子生活,不做这个做什么?那就做好它。"

想方设法往内地贩运杏子,以求卖个好价钱,就成为他的奋斗目标。为此,他建立起1000平方米的果品加工厂,并正在注册商标。去年他在村里收购几千吨鲜杏,光是加工杏干就有2500吨,雇佣劳务人员就有300多人。他收购的杏子,一律标准化采摘,采摘后,再挑选杏子,晾晒杏干。以前是在地上晾晒,杏干上都是土,卖不出好价钱。现在他的杏子放在架子上晾晒,杏干干净,色泽佳,卖相好,深受内地客商欢迎。

他的市场意识很强,在村里按每公斤1元左右收购杏子,挑选大小一样、没有土的杏子晾晒、包装,最终可以卖到每公斤50元的价钱。他的干果甚至出口到沙特阿拉伯、澳大利亚等国。

"现在我每年收入40万元,在全乡数一数二。"吐尔逊一脸自信地说。

县里表彰他们这些种杏大户,还组织他们去深圳、香港观光,见世面。他很自豪地说:"杏子全疆都有,但是色买提杏我们这里最好。"

眼下进入冬季,他要考虑的事儿是,该剪枝而还没有剪枝的杏树要全部完成剪枝,准备好农家肥,然后再把防虫、主干涂白、追施农家肥的活全部干完。

种杏树,圆了他的致富梦。而他更大的梦想是,把杏产业做大,带动乡亲们一起富起来。

米吉提的人生追求

在英吉沙县萨罕乡,跑前跑后给我们当翻译的米吉提·木沙,说一口标准普通话,初次见面就给我们留下做事认真、干练勤勉的印象。

48岁的米吉提,在他那些令人欷歔不已的经历里,有着他的梦想和追求。

1978年,还在上中学的米吉提做出了一个"惊世之举":逃学去上海。为什么会想到去上海呢?原因很简单,他上学时很喜欢历史,了解到上海商业较繁荣,就想去上海闯一闯。

为了能够实现去上海的梦想、积累资本,他先到乌鲁木齐打工,早上四点起床,晚上最后一个离开,住的是一元钱的旅馆,房间里住30多个人,两层铺。他不怕吃苦,为了赚钱更快一些,他从馕店批发馕去火车站卖。由于他嘴甜,一天最多能卖400个馕。一个半月他就挣了1800元。带着这些钱,他坐上火车去上海。

到了上海,他一句汉语都不会说,不知该去哪里,买东西也是比画半天别人也听不懂。他急了,让家里寄来维汉字典,碰到不会说的词,拿个小本子记下,翻字典学着说,再去跟别人交谈。在上海"漂"了一年,他普通话越说越好,还带着点"上海阿拉腔",他的丝绸生意也越做越好。

一个偶然的机会,再次改变了他的人生轨迹。在一次同学聚会上,他看到中学同学上了大学谈吐都不一样了,既文明又有品位,心中忽然就萌生了也上大学的热望。经过刻苦学习,他如愿以偿,考上了新疆大学政治理论系。在大学里,他每个假期,还要去内地做生意。什么生意好做就做什么。毕业后,他不满足于按部就班地工作,又继续停薪留职做生意。

但是,最终他的人生再一次转向,回到了党政机关,成为一名乡干部。原因是什么呢?因为他还有一个更高的追求:他要去帮助更多的乡亲们,让他们也过上好日子。

他的思想很活跃,点子也多。"以小换大"养鸽子,就是他的绝招之一。全乡13个村家家户户养鸽子,通过养鸽子积累资金,以小换大买牛买羊。他还曾经带着1000多只鸽子前往喀什开拓市场。与此同时,他宣传当地色买提杏,每到收获季节,他每天收购500吨鲜杏运往企业。现在他是萨罕乡纪委副书记,今年乡里有30吨豇豆卖不掉,他收购后运到阿克苏、喀什、库尔勒,不到一个月全部销售完。现在,每当农民积压的农产品卖不掉,他就会就到处帮着寻找销路,并帮着打开周边国家的市场。他还组织125名团员青年拉石子填路13公里,方便村民行路。

有一段日子,妻子病了,两个孩子还小,他一边照顾妻子,一边看孩子、洗衣服、做饭。当他把妻子带到乌鲁木齐看病时,还帮着农民找农产品市场销路。

他曾经获得农业部和团中央农村青年致富先进个人称号。

9月5日,我见到米吉提的时候,他正在忙乎三秋生产。他对我这样说:"不管干什么,不能逃避困难。人活在世上,要为社会作贡献,为国家繁荣发展作贡献。"

阿卜杜吾普尔：选择创业做大事业

今年33岁的阿卜杜吾普尔·伊敏，带领村民加工林果产品致富，走出一条精彩人生路。

几年前，新疆农业大学林果系毕业的他，辞去稳定工作去了一家企业打工。父母想不通，好好的工作为啥要辞掉呢？阿卜杜吾普尔却认为，正确的选择更重要。

"我创业就是看到村里的杏子销售太麻烦，农民积极性不高，我想帮助农民解决销售问题，扩大种植规模。所以我想做自己的林果业，实现个人价值。杏子就是一种宝贵的矿藏，但只有加工后才能卖出好价钱。"1月31日，阿卜杜吾普尔对我说。

打工两年，他学到了果品加工成套技术，包括高档水果的加工包装技术。2011年，他在家乡英吉沙县艾古斯乡康帕村成立色买提杏之乡农民专业合作社，联合52户农民一起干。合作社能加工杏皮、杏仁，产品有杏仁油、杏仁粉等，可以包下全乡的杏子。

杏子要在6月底到7月中旬的20天左右采摘、收购、销售。以前由于卖价忽高忽低，农民收入无法保障。现在杏子分级包装，摇身一变成了高档水果，农民一亩地增收2000元以上。阿卜杜吾普尔善于开拓市场，在网上做广告，还把货拉到天津、杭州等地去卖。现在，他的客户越来越多。

"我的爷爷、爸爸都种杏子，他们的技术和我的技术结合，再给全村示范，杏子产量就提高了。我们正在注册商标，建了700平方米的包装车间。计划再建一个保鲜库，存鲜杏，不断货，运输也方便。现在鲜果干果销量都很大。"阿卜杜吾普尔说。

阿卜杜吾普尔在实验中发现杏子在3月20日左右开花，西梅在4月20日左右开花，相差一个月。这个时候天气暖和，避开了霜冻期，更有利于挂果，市场前景更加看好。"我自己也有示范田，正在全乡推广色买提杏、西梅、李子、核桃等种植技术。"阿卜杜吾普尔说。

头脑活络的阿卜杜吾普尔，将种植业与加工业结合起来，提高了杏子等林果产品附加值，乡亲们的收入越来越高，他的事业也越做越大。目前，他创办的杏干果品加工有限公司已落户县城工业园区，有长期员工60余人。

"现在国家政策好，县里也很支持，商机无限。帮杏农提高收入，我的事业也可以做大做强。"阿卜杜吾普尔告诉我。

对创业而言，选择是方向，知道自己该做什么，如何做才能做好。大学林果系毕业的阿卜杜吾普尔，选择了就地发掘"矿藏"，为父老乡亲致富拓展了广阔的市场，也让我们看到了选择目标的重要和他不断寻求新突破的执著。

下岗职工成了种植大户

当冯勇诚承包下的那2000亩耕地呈现在我眼前的时候,我禁不住惊呼:"这么大的一片地,万一种不好怎么办呢?"已经完全是一副农民模样的冯勇诚却胸有成竹地说:"干任何事情都会有风险,只要勇于拼搏就会有收获。"

在冯勇诚的艰苦创业下,不到3年时间里,这片望不到边际的土地已经变成了整齐划一的良田。眼下,冯勇诚正忙着给冬小麦浇水。

冯勇诚以前是新疆水利水电工程一处的下岗职工。他曾经在父亲承包的土地上打过工,切身感受过种地的苦辣酸甜,于是萌发了自己承包土地创业的念头。

2007年10月,他与新疆生产建设兵团222团签订了15年的土地承包合同。离开乌鲁木齐,他来到了100公里以外的阜康市。平地整地、修渠修路,冯勇诚不但把自己的全部家当投了进去,还借了一大笔钱。他早晨5时下地干活,晚上披星戴月回来,有时候累得连饭都不想吃。

艰苦的劳动,换来的是一片绿油油的庄稼,冯勇诚满怀信心地期待着好收成。天有不测风云,2008年,他种的1000多亩棉花、小麦遭了虫灾,望着那些被虫害毁坏的农田,他欲哭无泪。当年,他就损失了40多万元,他面临着从未有过的压力。在他痛苦低落之时,父亲鼓励他:"在哪里跌倒就在哪里爬起来,过日子总会有挫折,前景会好起来的。"在家人的支持鼓励下,冯勇诚重新振作起来。

然而,又一个严峻的问题摆在他面前。2009年春耕即将开始,亏损导致他拿不出钱去买种子、化肥、地膜、农药,如果不及时进行前期投入,他以往的努力将会化为泡影。就在这时,乌鲁木齐市新市区白石桥社区伸出了援助之手,在春播前全力帮他拿到了小额贴息贷款,解了燃眉之急。

经过辛勤的耕耘,冯勇诚今年终于有了10万元的盈利。以往的艰辛与苦涩,化作了收获的甜蜜。冯勇诚打算明后年继续扩大再生产,上滴灌,种葵花、小麦,种大芸,还想在他的种植园旁边搞一个休闲农庄,发展农家乐。

谈起创业心得,冯勇诚感慨地说:"如果不坚持早就垮了。所以创业中不管遇到多大的困难,只要能挺住,就能渡过难关。"

人生路上,我们相互温暖

1月16日中午,是乌鲁木齐市难得的一个阳光明媚的日子。在位于南湖路上的一座多功能厅里,气氛热烈,这里聚集了一群形态各异的人,他们的眼睛,因喜悦而闪亮,因笑容甜蜜而和善。

他们都是来参加"共筑梦想新年聚会"的,他们的心里充满了期待。

这是一场残疾人与志愿者共享的欢乐聚会。这里的每个人都有自己的故事,说出来,都总是令人不由得眼眶潮湿。

"群"的璀璨

主办这场特殊的聚会的人,是一位坐着轮椅的25岁的年轻人魏晓波。

他在一个月之前刚刚建立了一个QQ群——"畅想共筑梦想家园群"。今天是他的群的第一次活动,就来了几十号人,热热闹闹坐满了一屋子。

魏晓波是个非常爱玩的活泼青年,一年前一场突如其来的车祸却从此改变了他的人生,轮椅相伴,吃饭都需要人喂,在巨大的痛苦面前,是沉沦萎靡,还是昂起头,活出个样子来?经过一番艰难的调整,青春的活力重新回到他的身上。

而更为重要的是,在他的身边,有一位无论他健康还是病残都始终不离不弃的姑娘——张婧。给他的心灵注入了无可比拟的力量。

面容清秀的张婧一边细致地把水杯递到小魏嘴边让他喝水,一边很平静地说:"和他在一起,我不求锦衣玉食,平平安安就是福。"

他俩相识6年,当初小魏一个眼神就让张婧怦然心动。如今,虽然小魏的身体状况与以前大不一样,她却没有想过要离开他。

人们肯定不理解:一个好端端的女孩子为何要嫁给一个生活已经失去自理能力的人呢? 可以想象到,她的人生今后会比别人难许多。

"这就是爱!"张婧说,"我已经把他当做我的亲人了,所以我无法放弃,我对他理解、关心、忍耐,除此之外别无他求,今年5月我们就要结婚了!"

作为家里娇生惯养的独生女,张婧却义无反顾地担当起照顾小魏的重担。她经常鼓励小魏:"上一秒的不愉快下一秒就应该忘记。"

"身体的残缺不是残缺,不管怎样,我们要携手去追求人生的精彩!"张婧说话很平和,却句句千斤重,"我也想给其他人做个榜样。"

小魏在一旁听得眼泪汪汪,他告诉记者:"我成立这个群,就是想召集更多的残疾人和志愿者,让这个群不断补充新鲜血液,发挥最大的力量回报社会和家人。我们会做得更好,让更多的残疾朋友看到希望和爱!"

正是考虑到很多残疾人待在家里很闭塞,这对恋人举办了这次聚会,他们想帮助其他残疾人走出家门,以阳光的心态面对社会,融入社会。他们还准备开个打字复印店,再多学些东西,为社会做点事儿。

畅想共筑梦想家园群的主题也充分表达了这对恋人的心声:"把平常事当做好事办,人生就只有快乐,没有抱怨!"

令记者颇感惊奇的是,在这个聚会上,还有好些QQ群的群主,包括"畅想温馨家园"群、"畅想情缘爱心"群、"畅想艺术团网友"群、"心灵驿站"群、"田园之家"公益群、"我们的天地"群等,这些群都在从事社会公益性活动。

为什么不少群都有"畅想"二字呢?

原来,这些群的主群是"畅想残疾人艺术群",之后又派生出了7个群,此外,还有多达15个爱心志愿群,这些群相互补充、相互呼应,慈善公益队伍就这样像滚雪球一样日渐壮大。

这个群的现实产物是如今名字越叫越响亮的畅想残疾人艺术团。发起人、团长是张国军。

心的温暖

张国军,一位盲人按摩师。当记者在他所工作的医院里找到他的时候,他正在认真地给病人推拿按摩。

高个子,大眼睛,一脸温暖的笑容。正是这位富有亲和力的盲人,组建了一支残疾人自己的艺术团,在他的不懈的努力下,在社会各界的支持下,畅想残疾人艺术团已经走过了4个春夏秋冬。

靠着相互温暖,相互支撑,他们感动了社会,也感动了自己。

"我病后,很多事情都遇到困难,其实也包括心理上的障碍。建团后,我和这些人都有了改变,感觉人生有价值了,生活也发生了改变,变得有意义了,找到了生活的目标,愿意走出家门,走向社会,也认识到了不能光等着别人的帮助,也要用自己的特长回报社会的关爱。"

张国军的话,表达了他质朴的情怀。

一位看不见光明的人,却要用自己的光和热,去照亮和温暖那些挣扎在困苦中的人们。

他的付出充满了艰辛。

艺术团每月安排一次演出,张国军是演出的发起人和组织者。为了组织演出,每一次演出前他都要用电话通知每一位演员和每一位残疾人观众,仅此一项,每月他要支付上百元电话费。在每次的演出活动中,他既是领队也是编导,担任歌手也做主持人,既要精心安排演出的每一个细节,还要负责解决每个团员的饮水、用餐、交通等杂务,甚至要准备演出服装。

艺术团的团员中有半数人没有经济来源,其余的人月收入大多仅够维持一家人的日常开支,拿不出余钱来凑活动经费。相对来说,做医生的张国军工作比较稳定,他就省吃俭用,来支付艺术团的活动开支。

妻子看在眼里,疼在心上,她不忍心丈夫在辛苦工作以外还要如此奔波劳累,曾经问他:"你搭上时间和钱,图个啥?"

张国军却停不下来:"我从帮助别人的过程中让别人快乐了,所以我自己也快乐!"

妻子看他越干越有劲,想法渐渐也改变了,她和已经18岁的儿子也都成了助残志愿者,儿子擅长器乐和声乐,经常参加父亲组织的演出活动。

任何困难都不能阻挡残疾人对美好生活和崇高事业的向往和追求。现在,只要一有活动,张国军在网上一呼,就有上千人应答。有些人甚至从米泉、八钢、昌吉、南山、石河子、呼图壁等地坐着长途班车赶来参加演出。

"等到老的时候,回忆起这些经历,也是很难忘的!"张国军感叹着。

艺术团里有一位白发苍苍的老阿姨名叫卞素玲,因糖尿病而导致失明。她参加艺术团以后,业余生活就被唱歌和朗诵填满了。由于无法用眼睛看,她就反反复复听录音,再背下来。经常参加演出活动,自己的生活充实了,也给别人带来了快乐。所以她总是问张国军:"什么时候搞活动?"如果有活动没有通知她,她会像个小孩子一样委屈地打电话:"为什么不叫我?"

盲人史有军原本很自卑,张国军发现他有一副好嗓子,就把他吸收为艺术团成员,鼓励他登台演唱。通过演出,小史接触到火热的社会生活,亲身感受到来自社会的关爱,精神也振作起来。他开始变得自信,主动参加社会活动,并且开了按摩店,通过自己的劳动去回报社会。

张国军说:"通过这样的演出,我们向大家讲述了残疾人乐观的生活故事,并使更多的残疾人振奋起精神,使更多的人了解到残疾人的生活状态和残疾人的种种需求,使那些和我们遭遇同样困境的人和给过我们无私关爱和有力支持的人看到了我们坚强的内心。"

力的聚集

人生的路,很漫长,也很艰辛,但是当残疾人和健全人一起携手,力量凝聚在一起,再大的困难,也能够克服。在几年来的社会公益活动中,每当有残疾人出现的地方,身后就有无数志愿者的鼎力相助,畅想残疾人艺术团几年来发展的轨迹鲜明地印证了这一点。

帮助与被帮助、感动与被感动,这样的故事就随时发生。

这些年来,张国军和他的艺术团不仅参加各种演出活动和社会活动,还到水西沟、白杨沟、安宁渠等地去接触大自然。

其实,残疾人的每一次活动,都是一次爱心总动员。

因为,要让残疾人走出家门,绝非易事。每当此时,志愿者就出现了,他们使出看家的本领,背着、抱着、推着,情急之下连腰带都解下来充当推拉残疾人的工具。而当他们与残疾人一起排除万难,登上山顶,俯瞰世界,激动的心情更是难以抑制。登高望远,身处蓝天白云下边,尽情呼吸带着甜味儿的新鲜空气,这是很多残疾人做梦都不曾想到过的事情,他们快乐地笑着、叫着。此情此景,也让志愿者激动不已,他们在帮助残疾人的时候也分享到了同样的快乐,而残疾人自强不息的精神对于他们同样是一种莫大的激励。

58岁的大海,6年前就成立了一个名叫"我们的天地"QQ群,现在有200人参加,几乎都是中老年志愿者。只要哪里需要志愿者,他和他的群里的成员就会出现在哪里。

谈及感受,大海说:"人多做善事、好事,心情也会好。并且,和残疾人在一起,可以学到许多正常人身上所没有的东西,包括不怕吃苦、勇于坚持、永不放弃的精神。"

王芳是畅想艺术团网友二群群主,虽肢体残缺,心态却很阳光。这几年,她拖着残腿几乎遍览祖国山河,她要证明给别人看,心中向往的事情,只要努力就能够做到。得到社会关爱的同时,她也在用自己的爱心去帮助其他需要帮助的人。在她家院子里住着一位孤寡老人,她经常去帮助老人收拾房间,给老人洗头、理发、剪指甲,买好吃的送去。她说:"要学会寻找快乐,也要努力给别人带来快乐。"

志愿者魏跃红加入志愿者行列不到半年,感触却颇多。她认为残疾人的可贵之处就是身残志不残,他们更渴望与这个世界融合,而志愿者尽自己的微薄之力,帮助他们,一起参加社会活动,共融在一起,可以相互激励,共同体现个人的社会价值。

"天山骑士"参与公益活动三年,是一些大型公益性活动的组织者或协调者,包括残疾人游天池、残疾人欢度妇女节等活动,这些聚会他就是组织者之一。

去年情人节前夕,他的残疾朋友们说:"大叔,你们健康人都能过情人节,我们残疾人怎么过?"

"天山骑士"就说:"那你们来我家,大叔给你们过!"

结果,将近20位残疾人来了,包括维吾尔族、哈萨克族、柯尔克孜族、回族、蒙古族等五个民族。"天山骑士"亲自给他们做菜,大家在一起吃饭、喝酒、聊天、做游戏、K歌,还有悠扬的马头琴声相伴。那一天,让这些残疾人难以忘怀,他们度过了一个非常快乐的情人节。

可是他们并不知道,刚满50岁的"天山骑士"为何比实际年龄显得苍老,他的生活压力太大了,背负着几十万元的债务,家里还有一个正在上学的孩子,他要打工养家糊口。

日子这么艰难,为什么还要去做公益事业呢?

他回答:"就是想为弱势群体做一点力所能及的事情。"

一位网名叫"卡西莫多"的听力障碍者也是一位志愿者,他告诉记者:"自己身体残缺,就更能体会别人的痛苦,而帮助别人,自己的感受就是开心,做人的根本就从这里开始!"

"哪里需要我就去哪里,虽然很累……"他说。现在,他除了参加各种群的志愿者活动,还加入到中国志愿者的行列。

这次聚会,"卡西莫多"因为要抱残疾人上下楼,累得腰都快断了。但是他心里很快活。

就这样,人生路上,残疾人与志愿者一起走过,他们相互温暖,相互感动……

如果说,自强不息的人生最精彩,那么,彼此关爱的人生最宝贵。

正是这些点点滴滴的力量,凝聚起来,汇成了社会的滚滚暖流。

向左走,还是向右走

在乌鲁木齐,有一个人天天为患者当"导医",免费的。

"导医",就是引导患者根据病情寻找最合适的医院、最合适的医生,以最快的速度得到最好的救治。这是一个纯属公益性的医疗绿色通道,目的就是"真正解决老百姓看病难问题"。

这是一件好事!

然而这个过程,想想,都觉得麻烦。

现在,就有这么个网站,就有这么个人,就在忙乎这样的事情。

偌大的城市,这个人就这么单枪匹马地将这个"雪球"越滚越大了。

天上掉馅饼

"天上不会掉馅饼!"现如今,这句话显得太经典了,记住这一劝诫,我们可以少上几回当,少吃一些后悔药。

现在,天上掉馅饼了,你信么?

搁着我,又是在"虚无缥缈"的网上,我还真不大敢信会有这等好事。

事实上,这个"馅饼",不少人已经"吃"到了。2006年,他为七八百名患者当过"导医"。

2007年1月19日,再普通不过的一天。黄旭天不亮就爬起来,他要赶往自治区肿瘤医院,去为一个网上咨询的患者找专家诊断一下。之所以这么早过去,就是要在专家接诊病人的时候,"见缝插针"。

黄旭还在路上,这位女患者就不断打电话催。其实还没到约见医生的时间,但是黄旭依然每次都耐心地安抚,一再说明他很快就到,仿佛女患者是他的什么熟人。其实他们素不相识。负责找专家,不是黄旭的本职工作,这是他平白无故揽下的活儿。

10点钟,黄旭赶到医院,他和女患者汇合,一起去找乳腺专家倪多。

这位专家正为手术后的病人重新诊断病情,忙得不可开交。黄旭上前打招呼,专家手一挥,让他等着。黄旭有些尴尬,为了患者,这样的委屈是必须要忍受的。同时,他还要及时向女患者解释:"专家忙,每天要看几百号病人,脾气当然大。"

足足等了40分钟,专家倪多终于从一间病房里出来了,将女患者叫到另一间诊断室,一边十分细致地为患者进行检查,一边微笑着说:"没问题,增生每个女人都有,不会癌变的,不用吃药,一年查一次就行了,放心回家去吧!"

女患者这才松了口气,这是她指定要找的专家。所以,她一直悬空的心,落了地。

一般而言,挂各大医院的专家号要早早地排队,去晚了,就挂不上了。黄旭带去的患者,可以免去挂号之苦,直接得到专家的诊治。

倪多11点还要去昌吉做手术,虽然她一天要看200多个病人,非常忙,但对于黄旭带来的病人,同样十分精心。她向我们解释着:"我得把我们这里的患者情况处理完才能来,他经常会给我们介绍患者,我们这里很正规,患者信任我们,需要我们给个结论,这是件好事,我会一直支持下去。"

女患者向黄旭道个谢,招招手,走了。

黄旭紧接着从门诊楼出来,上了外科楼,这里有一个做了子宫肌瘤手术的病人,已经准备出院。病人来自遥远的沙雅县托依堡乡,普通农民。病人的丈夫曹勇,憨厚朴实的中年汉子,正守护在病床旁,见到黄旭,一副喜出望外的样子,握住他的手,久久不放。

曹勇的家离沙雅县还有七八百公里,住在这么偏僻的地方,他是怎么找到黄旭的呢?

原来,曹勇的妻子生病后,他拿不准究竟去哪里看病。一次,在阿克苏的朋友家里,朋友帮他上网查到了"新疆肿瘤专家网",查到了黄旭的手机号,和黄旭通了电话。黄旭帮他联系了地区医院和新疆肿瘤医院,并告诉他如果来乌鲁木齐就找他,他来安排。曹勇于是带着妻子坐班车来到了乌鲁木齐。那是个星期六,还下着雪,黄旭带他去了新疆肿瘤医院。

一个普通农民,从没来过乌鲁木齐,为什么会信任一个素不相识的人呢?

曹勇其实一开始心里也有点犯嘀咕,看到黄旭楼上楼下跑了好多趟,确实没少帮忙,连看哪个医生,都是他介绍的,骗子说话和他不一样,就慢慢信任他了。

曹勇东拼西凑带来的钱不够,黄旭还想方设法帮他减免了一些费用。

"如果回去有什么事需要帮忙,尽管打电话。"黄旭叮嘱曹勇。曹勇点点头,感激地送他到电梯门口。

这就是黄旭每天几乎都要面对的事情。

是什么原因使得他当起了"导医"呢?

2001年,他的一个朋友的母亲得了癌症,朋友跑遍了乌鲁木齐各大医院,盲目听信报纸广告,到这家医院求治,开了药,不放心,又到那家医院检查,就这样带回去一大堆药。等再来的时候,他母亲已经到了晚期,其实就是被耽误了。这件事对黄旭刺激很大。

也是那一时期,他总是受朋友之托,去医院帮着挂专家号,看到医院里随处可见等了两三天还挂不上号的人,感触很深。

他想办一家网站,网罗全疆各大正规医院的优秀医师,建立起一个网上医疗绿色通道,让患者尤其是癌症患者沿着这一通道,得到及时的正确引导,不再"有病乱投医"。

说干就干。网站就在2002年底建起来了。这几年,光网站维护他每年就要搭进去两三千元。几年的心血,网站已经初具规模,集纳了全疆180家正规医院的各个科室和医疗项目,800名专业医师的最新资料。登录网站,基本就可以对全疆的肿瘤医疗资讯有一个大体了解,人们还可以根据各自的病情进行咨询,点击之后,会看到全疆医院各个科室的情况,专家的姓名、年龄、近照、所擅长治疗的病种,以及很多医学常识。这些林林总总的栏目内容,全都是黄旭一手建立起来的。

刚开始起步,多难啊。黄旭也是花了几年的心血,才达到了现在的规模。他不光是收集了大量第一手新疆医疗资讯,而且还想方设法把这么多医院协调起来,经常沟通和协作,集结起一大批优秀专家。

同时,一张小小的医疗救助卡,在人们手中传递了3年多。这张卡片上边,印有"汇聚新疆肿瘤专家,解决百姓看病问题"的字样,下方,一个电话号码,一个网址。专家服务热线就是黄的手机号码。这是黄旭的心血。它对于那些寻医无门或者屡次被骗的病人及其家属,如同"灵丹妙药"一样珍贵。只要是他的朋友和他救助过的患者,都会得到这张救助卡。几年来,黄旭不知已经发出去了多少张这样的卡片,他的办公室、包里、车上,都有,随时随地发放。他希冀的是,让更多的人知道这种服务,让需要救助的人看到它,用上它。

绿色通道开始畅通了。

随着浏览人数不断增加,黄旭的电话成了热线,一天到晚响个不停。

我的心情你永远不懂

自己掏腰包办网站却不求回报,现在还有这样的人吗?他是不是有什么别的目的?他是不是私下里和医院有"瓜葛"?他是不是收了患者的钱了?要不就是他的脑子进水了,干这种傻事?

他在导医的过程中,时不时会遇见这样的诘问,有人甚至怀疑他是"医托",是骗子。

一家电视台在采访中,特意要求他拿出不收患者咨询费和没有相关经济利益的依据。

还有人专门打电话见他,为的是探明虚实。

面对别人的猜疑,黄旭虽然无奈,但是只能淡然处之。他不想为了表明自己的清白,去和所有人解释,而且这也是不现实的。他也不想为了表明自己的清白,专门和所有医院签订个什么协议。唉,累不累呀。

他的想法很简单:让需要帮助的人得到帮助,就行了。他认定只要是好事,就去做;做了,自然别人就信了。

的确,有好多患者是冲着口碑而来,这些人,就非常信任他。

那么,他究竟为什么会对这样一件容易被误解的并且要搭上很多时间、精力和财力的事情,义无反顾地做下去呢?

"只是兴趣,不是目的!"

"每个人都会心甘情愿地为自己的兴趣爱好投资,所以,我愿意为这个爱好掏腰包。"

黄旭的这个理念,会让很多人意想不到。

黄旭在新疆抗癌协会工作,天天在医院里,目睹癌症病人作为一个特殊的弱势群体,饱尝着肉体和精神的痛苦,以及经济拮据的困扰。当得知患有癌症后,患者和家属都受到沉重的打击,有些人因此对生活完全丧失信心,拒绝医生的进一步诊治,以致延误病情。他们需要人们给予更多的关爱和支持。正因为黄旭看到了癌症对于生命的残酷性,所以,他觉得,自己能够伸出手来,为这些痛苦的人们做了一点力所能及的事情,就挺好的。每当他的电话响起,每当他又帮助了一个病人,每当病人对他露出了笑容,他认为这就是"投资"带来的"回报"。

"帮助一个身患绝症的人,比帮助一个感冒患者分量重得多!"

当黄旭帮助癌症患者准确地找到了合适的医院和医生,及时得到了救治,节省了费用,摆脱了在恐惧中的挣扎,终于获得安全感的时候,他觉得自己只是尽了一点点力,而患者却得到了生命的延续乃至康复,这种回报是无法比拟的:

"那是一种非常美好的感觉!是一种幸福感!"

"我帮助患者的时候,思维中已经有'应该'的成分了,这就减少了我的心理不平衡,我的心态才能很平和。"

所以,他在接受我采访的时候,每每提出不公布他的姓名,把事情做了就行了,至于是谁做的,不重要。

携手献爱心

新疆一些网站专业人士被他的义举所感染,在网站空间、域名、网络制作、技术维护等方面给予了他无偿的支持。

新疆西点科技公司,黄旭成了这里的常客。由于刚开始建立的网站他一直不满意,2005年,他又找到了这家公司,重新制作。该公司负责人史峰一开始也和黄旭谈到了费用的问题,后来一起聊,得知黄旭是在义务做一件公益事业,史峰被感动了,他减免了相关的技术维护费用,服务器供黄旭免费使用。

黄旭更欣慰的是,几年下来,他与新疆各个医院的专家已经达成了相当的默契。他身后这支强大的专家队伍默默地支持着他。网上绿色通道的专业化和权威性,就是靠这些专家来实现的。这些新疆医学界的知名医生,如今已经形成一种共识:携起手,为这项公益事业奉献爱心。

2005年,黄旭将一个来自哈密的病人,带到了自治区人民医院肿瘤内科主任柳江面前,患者在当地被诊断为肺癌,经过柳医生的精心检查,确诊为肺结核。今年,患者又来复查,病症已经减轻了许多。柳医生觉得,能把自己的专业知识发挥出来,是一名医生价值的最大体现。

柳医生对于社会力量参与进来建立起的这一绿色通道十分赞赏,它可以有针对性为病人提供免费服务。他认为绿色通道缓解了群众看病难问题,到哪家看,找哪个医生看,哪些科室有特色,可为病人提供正确选择,病人由此得到科学的治疗。同时可以避免乱检查,乱吃药,浪费时间,浪费金钱。这在南北疆意义更大,那里的患者人生地不熟,尤其是癌症病人容易六神无主,相信一些游医广告。

绿色通道的建立,一方面以最快的速度帮助病人解决看病问题,但是另一方面,不分时间、不分场合、没有挂号等等,是不是也给医院和专家增加了麻烦呢?这一点,我在多家医院采访,专家们的看法相当一致:从医首先要有德,大夫大夫就是要为病人服务,当大夫一要有责任心二要有爱心,从病人角度出发,以人为本,首先看重的必须是社会效益,有没有挂号不重要,重要的是病人的需求。

青海的一个患者在网上看到这一绿色通道后,给新疆医科大学第一附属医院普外科主任栾梅香打来电话:

"栾医生,我因乳管溢液在当地已经花了几千元钱都没治好。我家里经济条件较差,现在不知道该怎么办。"

"建议你做一下专项检查,如果是导管瘤,癌变几率会非常高,一定要抓紧诊断治疗。"

栾医生耐心地教她区分什么是病理性的溢液和非病理性的溢液,十分体谅地叮嘱她不要大老远跑新疆来,要就近治疗,并在电话里详细指导患者。栾医生认为,绿色通道可以帮助群众一是找准治疗的地方,二是找准咨询的通道,病人来看病就可以不盲目,因为有些患者就是被医托蒙骗,花了很多钱,开了很多不必吃的药。

从绿色通道输送来的患者,无论哪个专家接手,都是全力以赴。在门诊、病房、下班以后乃至休息时间,患者只要找到门上来了,都得到了悉心诊治。新疆肿瘤医院化疗一科主任杨顺娥诊治了不少外地来的网上患者,她表示要一如既往地支持这个绿色通道:"这样做,可以避免病人少走弯路,而对于医生,为患者治病是义不容辞的事情。病人康复了,高兴了,也是我们的愿望。"

谁来破解难题

怎么让地处偏远无法上网的人们也能够得到帮助呢？这是黄旭在考虑的问题。这些人群往往经济条件不好，信息闭塞，一旦患有绝症，无异于灾难性的打击。

让黄旭犯愁的事情还不光是这些。

一个突出的问题摆在了他面前。他晚上要维护和更新网站，解答患者提问，白天要东奔西跑，在乌鲁木齐市各大医院穿行，把前来找他的患者领到合适的医生那里去。咨询者和求助者越来越多，他忽然发现，他花费在这项"业余工作"上的时间和精力甚至超过了他的专职工作。起早贪黑，对于黄旭很平常，早上7点闹铃准时响，晚上一般都是两三点睡。有人开玩笑说，你可以去帮人看大门了。

他的心情很矛盾。现在，他每天光咨询电话就要接七八个。联系外地医院倒也简单，打几个电话就搞定了。关键是本地医院，他要带着患者跑，哪有那么多时间。他既希望有越来越多的人了解这项服务，从中得到实惠。但是，人越来越多却直接增加了他的负荷。他怕他有一天干不动了。

能不能只给外地患者服务呢？这样虽然可以分流一些压力，但是，按道理来讲，提供服务是不分地域的。

为什么不找些志愿者呢？应接不暇、疲于奔命的黄旭何尝不想有人帮帮他。可是他所需要的志愿者是长期的，只有与各大医院和专家"混个脸熟"，才能熟悉导医的流程，胜任导医的工作。这就不现实了，你能让一个志愿者天天忙乎着"导医"可是连饭都没得吃吗？黄旭没有资金来负担志愿者起码的饭钱。

他还曾经设想过用"黄手环"的形式，把这种服务变成一项全社会的工程。黄手环是对肿瘤患者的关心、预防和救助的一种象征符号。这个构想发起于2004年12月新疆抗癌协会化疗专业委员会的一次会议上,这里的成员是由一群专业医师及热心于公益事业的人组成的。他想让新疆各大医院的医师志愿者,在将来都可以佩戴上黄手环,人们在公共场合看到佩戴黄手环的人,能够一目了然地确认他们就是肿瘤专业救助人员,可以帮助患者了解肿瘤常识,提供咨询服务,提供治疗方案,提供名医会诊和手术等帮助。黄手环不仅在科学上给予广大患者实际的帮助,更在精神上支撑起他们战胜疾病的信念!

"当人们随时随地看到黄手环,真切地感受到自己的健康保障无时无刻不存在于自己的周围,这应该是和谐社会的一个缩影!"黄旭心中有这样一个美好的憧憬。

他设想,黄手环的配发须经过严格审核,确认有救助资格,带有唯一编号,可经电话、网络查询以确认其真实性。并且,他还托人从国外带回来一个类似的黄手环,作为借鉴。

但是,接下来事情却搁浅了,黄手环从制作到发放,再到得到全社会的认知,需要大量的人力、物力、财力,这个过程艰辛而漫长,非他一个人的力量所能够完成。

不管做什么,只要认真、细心,都能做好。这是黄旭这几年摸爬滚打所得到的最深切的体会。现在,在他的努力下,"新疆妇科专家网"也建立起来了。他目前正着手创建"新疆泌尿专家网",估计六七月就可以出笼了。

黄旭的另一个设想是,随着网站不断扩大,是不是可以开辟一些新栏目,比如患者在家就可以上网查到自己的电子健康档案,包括哪年做了什么检查,医生怎么诊断的,吃了哪些药等等。这样的话即便是在外地就医,也能够通过网络迅速找到自己的病例,外地医院就能够更加科学的进行诊治。但是,现在连首府医院都没有普及电子健康档案,实施起来还需要相当长的时间。

黄旭是个做事情非常认真的人。

他从不做广告宣传。一方面是以此表明这项工作的公益性质,另一方面也是因为无营利就无资金来宣传。其实找他做广告的大有人在,都被他回绝了。一方面这些医疗机构的信誉度需要考察,另一方面他担心拿了人家的钱就得和人家签订"不平等"协议,就要照别人的要求做,从而影响到网站的纯洁性。

免费做,可以没有条条框框,没有枷锁,能够做到什么程度,就做到什么程度。但是没有资金支持,很多事情又是寸步难行。

有人说,医疗绿色通道便民惠民,政府应该支持。

那么,能不能获得民政厅或者科技厅的项目支持,让新疆的这条医疗绿色通道良性发展起来呢?应该是可行的,但是怎么申报项目,找哪个部门,他很茫然。目前其他一些省市不断探索多元投入建立网络救助的路子,通过广辟多元化投资渠道,采取不同的模式,或独立办站,或合资合作办站等不同的投资模式,解决了财力、物力、人员、设备不足等诸多棘手问题。这些做法,会对黄旭有启发,可是具体该怎么操作呢?

向左走,还是向右走?

黄旭陷于两难之中。

他思前想后,认为还是得先自己活好,才能更好地帮助别人,因为帮助别人也是一种能力的体现。他打了个比方:在枪林弹雨的战场上,你冲上去增援,别人手里还有枪呢,可你什么也没有,别人能相信你会有能力救他吗?

"所以,我只能尽我的能力去做,直到做不动了为止。"

"我家在哈密,没有家人会支持这样的事。"

"这个事不办了,对我没什么坏处,但是办了,却是患者的福音。"

"好事不常见,好事不常有。我坚信尽自己的能力做好事,应该是积德。"

"尤其是在现今,看病难、看病贵成了社会问题,我努力维持这种绿色通道,也是呼唤整个社会的和谐,让大家知道人间还有真情在,让大家看到阳光的东西,看到社会的美好。"

"帮助别人既快乐,也很痛苦。但是我估计停不下来了,还会一直做下去。"

一所学校，梦想如歌

白杨河，一个充满诗意的地名。

站在这里，我向一所有着同样的名字的学校望去的时候，心里充溢了一种别样的情怀。

这样一种别样的情感的起因，不是由于这所"白杨河学校"的诗意的名称，而是由于它所诞生的年代，距离今日，已经相隔了整整75年。

求知的渴望奔流如河

我万般感喟的是，1934年，那个兵荒马乱的年代，以游牧狩猎为生的哈萨克人，建起了一所在当时极其稀缺的"学校"。

学校，是传播知识的殿堂，是接受文明教育的场所。所以在旧时代，它是昂贵的，是只有极少数富贵人家的子女才可以享有的奢侈。

那么，游走于四方、逐水草而居的哈萨克人，为什么要建一座学校呢？

我心里生出了探寻的热望。

在秋叶尚未落尽的季节里，我们从托里县朝着乌雪特乡的方向进发，100多公里路程之后，到达白杨河学校。正值午休时间，太阳暖洋洋地晒着，开阔的具有现代气息的校园里，可以容纳800多名学生的教室和学生宿舍整齐地排列，大树和小树在平房和楼房之间错落有致，迎风摇曳。孩子们有的在抬水扫地，有的在打球嬉戏，这些活泼的孩子们，让校园生机勃勃。一个5年级的孩子阿沙木汗·买地西正在作体育课前的准备，她11岁，是牧民的孩子，父亲去克拉玛依打工了，家里的三个孩子就都在这个寄宿学校上学，阿沙木汗是班里的卫生委员，学习成绩还不错，语文90分，数学89分，她的梦想是将来上大学。

迎面而来的校长清瘦而谦和，戴着一副金丝边眼镜，名叫乌扎提·额得热西，51岁。

他在讲述这所学校的建校历程的时候，是这样描述的：1934年，木屋搭起的三间教室里，有30名左右的学生；第二年，五间土木结构的教室紧接着盖了起来，学生增加了60名。

想去白杨河学校旧址看看。不知怎么，这种愿望如此强烈。在离新校不远的地方，在次第排列着的一片房屋中，一个很不起眼的院落出现在我们眼前，乌扎提校长陪我们走进这个不大的院子，其实院子只能称其为过道，我们一迈脚就走进了另一扇门，忽地昏暗了的光线下，是长长的走廊，两旁是几间教室，走进去，从低矮的窗户透进来的日光里，我们看到教室不大，有十几张桌椅，很特别的是，那些桌椅是相连的。我猜测，当年的制造者或许就是为了让这些桌椅更加结实耐用吧。

这就是那所穿越了75年时空保留到今日的白杨河学校么？我一边想着，一边轻抚那些在时光的削磨下已经粗糙斑驳的木质桌椅，竟有一股温暖倏地涌来，直袭心田。四围发散着的泥土的气味，让人也仿佛看到了多年以前那些求知的孩子们坐在这里上课的景象。教室屋顶的木椽看上去依旧很有力感，有些地方墙皮已经脱落，我于是看到了混合着密集的马鬃的墙壁。

外表有些破旧，内里却依然坚固。当年，这是白杨河流域的第一个建筑物。显而易见,在当时,哈萨克人是花了很大的代价建起这所学校的。

这里面也包含着一种"永恒"的愿望,一种让子子孙孙都能够在这里接受教育的愿望。

那么,这所年代久远的学校是如何建起来的呢?当乌扎提校长的回忆夹杂着自己的亲历和流传下来的传说,回到75年前的那段时光的时候,也给我们的想象插上了翅膀。

白杨河是乌雪特乡的一个牧业区。75年前,也就是1934年的时候,白杨河是一片生机盎然的河谷。充沛的河水滚滚而来,让这里丛林密布,到处奇花异草。河水里游弋着各种鱼类,陆地上奔跑着黄羊、老虎、野猪、狼、狐狸、盘羊、野鸡、兔子等等各种野生动物。天地间如此丰沛的万物,给了人类丰厚的生命倚靠。哈萨克人在这片犹如人间天堂般的地方放牧狩猎,生息繁衍。

那时候,遍地茂密的树木,密集之处连狗都钻不过去。穿越林间的只有羊肠小道。因此,即便是料峭的风都被挡在了别处,这里的人们只要搭个帐篷就可以安身。

天堂般的生活,哈萨克人却并不满足于吃饱穿暖,他们觉得生活中还缺了点儿什么,还应该有比吃饱穿暖更重要的事情。

"建一所学校吧,请有知识的人来给孩子上课!"在村子里主事的外斯·阿布希台和扎合帕尔·沙依布拉提作出了这个重大的提议。于是,潜伏在牧民心头的对于知识的渴望犹如河水开始奔流,他们立即行动起来。

很快,三间木屋盖起来了。第一任校长,是大家推举出来的,名叫沙孜日·俄斯巴台。谁家不愿意送孩子上学,思想工作都由他来做。第一批上学的学生都是富裕人家的孩子,大概是先从条件好的人家打开缺口,才更具有感召力。那时候,有些人的确并不愿意让孩子上学。但是不行,上学就像一种税一样是必须要上的。

渐渐地,上学的孩子就多了起来,从三间木屋里传出的朗朗读书声,让手执牧鞭的哈萨克人感觉到那是世界上最动听的声音,每天听着孩子们的读书声,他们得到了从未有过的欣慰。他们越发意识到了"学校"对于他们的子孙后代会产生何等巨大的影响。

于是,一个更重大的行动开始孕育。第二年,牧民们捐来了250只羊,一所有着8间土坯房子的学校出现在广袤的河谷,成为一道颇为醒目的风景。

这所"白杨河学校",应该是聚居此地的哈萨克人的生命中的一个重要拐点。

教师很不一般,是牧民们郑重其事地从前苏联、现今的哈萨克斯坦请来的两名教师:阿哈孜·恰牙合永提,卡孜·别合拜。

孩子们在这里读书,识字,学习数学、语文、地理,吸纳知识的养分,完成小学课程。学校所有的开支,都是由牧民出,孩子上学不要钱,只把牛羊送给老师。

当时没有书,没有黑板,牧民们用马从额敏、托里县城驮来学具。孩子们用什么来写字呢?用木板。他们想出的办法是,把炭灰涂在木板上,拿芨芨草写。

这样的事情,听起来就很神奇。

1942年,他们争取到了国民政府批文,盖起了砖木结构的学校。从此,白杨河学校成为当地的一个著名的标志性建筑,学生也越来越多,不仅来自当地的四个牧业村,额敏县与和布克赛尔等外地的孩子也到这里上学。

在学校的周围,一直住地窝子的人们也开始学着样盖房子住,定居的人越来越多。

在哈萨克人看来，白杨河学校就像他们的命根子一样重要。它，承载着哈萨克人的梦想和期待。

知识改变了他们的人生

那么这些孩子们是怎么上课的呢？

我们走过一大片草地，踩着晃晃悠悠的一截木头跳过一条小河，钻过一个篱笆门，去寻访已经退休的老校长哈力肯·赛力克拜。

坐在炕头，在一盏昏暗的太阳能灯下，听老校长讲那过去的事情。亦真亦幻的故事，让我们思绪横飞。

当年，哈力肯校长的父亲也是学校的组建人之一，他曾在苏联上过学。1936年，他们举家从苏联迁过来。

"1962年的时候，我去学校上学，要走6公里才能到校，早上起来，母亲烧好茶，我带上苞谷馕和茶，没有馕就带点奶疙瘩，走大约一个半小时到学校，每天上午5个小时课，下午1个小时的课，在太阳快落山的时候可以到家。"

那时候是4年制教育，哈力肯校长以及他的三个弟弟当年都是从白杨河学校毕业的。

令哈力肯记忆犹新的是，在学校，老师中午不回家，在学校吃饭。他就用小茶壶打水，再把茶水烧好，给老师送去。老师讲课的时候，他们就在木板上写字。他记得很清楚的是有道算术题有12种解法，他算出来了，知识带给他的是新奇和更多的乐趣。

哈力肯上中学的时候，学校在县城，寄宿在学校，寒暑假回来的时候，是从县城走路回白杨河，要走四五天才能到。冬天的时候，雪非常厚，走都走不动，由于雪太大，经常会有人陷在雪里，同伴就轮流背着走。第五天下午才能到白杨河。

那时候，哈力肯以优异成绩毕业后，在托里县读中学，学成归来后，又在白杨河学校当了老师。

哈力肯从一名白杨河学校的学生变成了白杨河学校的教师，又从一名教师成为校长。他从母校老师那里承袭下来的教学经验是：

"我当老师就是要把孩子的性格摸透，孩子接受知识有的快有的慢，所以教师要有耐心，孩子也有不想上课逃课的，孩子逃学了，是很令人担心的事情，白杨河水大，万一掉到水里可不得了。我把他们找回来，但是不打他们，我让孩子说明不上学的理由，我给他们讲上学的道理和学知识的重要性，向他们说明不上学的后果及社会上犯罪的种种现象。所以，其实老师很重要，第一要注意孩子的兴趣，一定要发现他对什么感兴趣，引导他，尤其是对一二年级的孩子更要有耐心。"

他为了激发孩子的学习兴趣，开发他们的潜力，从县城买回开发智力的玩具，买来冬不拉激发孩子对民族文化的认同感。

从1977年到2000年，他担任校长兼书记。县里曾经准备调他去当乡长。但是，他舍不得离开自己的母校，舍不得丢下那些可爱的学生。

1984年，在他的努力下，白杨河学校又增加了寄宿制，设有初中部，即便是住得很远的牧民的孩子也不用为上学走那么远的路了。

寄宿制刚开始启动的时候，困难重重。有300个孩子寄宿，刚上一二年级的孩子从未离开过母亲的怀抱，哈力肯一直照顾那些孩子，三天没有回家。有的孩子家境很贫穷，身上都是虱子，没钱买衣服，哈力肯就自己掏钱给他们买衣服。

学校因欠缺教育经费，难以为继。作为校长，哈力肯着急

了,他把村民都召集在一起,对他们说:

"你们是想让孩子将来成为一个笨蛋还是聪明的人呢? 社会发展这么快,不学知识,怎么去开拖拉机? 将来自己的孩子得了病你连起码的医学知识都不懂怎么行? 现在学校遇到了困难,咱们能不管吗?"

大家听了,群情激动,一呼百应,开始给学校捐牛、捐羊,村里还给学校拨了一块菜地,学校专门有人负责种菜,种小麦,养牛羊。后来,学校的牛羊发展到300多只,学生吃饭和吃肉吃菜的问题再也不是什么难事儿了。

哈力肯的几个孩子都是从白杨河学校毕业的,他的妻子也担任了8年代课老师。现在,他的两个儿子在哈萨克斯坦读研究生,另一个儿子在伊犁读大学,还有一个儿子子承父业,成为白杨河学校的一名教师。

白杨河学校这座知识的摇篮让他们的人生改变了模样。

白杨河学校培育的人才,给这所学校镀上了一层荣耀的光芒。上世纪50年代,新疆第一批考上北京大学的两个人——黑扎马丁·阿合曼提、木合买提·道迪——就是白杨河学校毕业的学生。后来,阿依哈孜·艾牙孜拜也去北京上大学,毛泽东还接见了他。他们都成为自治区专家。考斯哈木·考斯拜是新疆著名的作家和阿肯。第一位哈萨克族外交官木哈买提·加依斯也是从这所学校走出来的。

我们沿着白杨河河道随意地走,我在想,这里生活的普通牧民,究竟从白杨河学校汲取了多少养分呢? 在河畔的一户人家,一个小孩正坐在高高的打草机上玩,看到我们来,一溜烟地跑进家门,藏在他父亲的身后,朝着我们笑。他的年轻的父亲乌兰·阿西木阿肯刚刚下地回来,黑红的长方脸,高高的颧骨,也朝我们有些腼腆地微笑。

他就是从白杨河学校毕业的,他的两个弟弟、一个妹妹也都是在这所学校上学。

乌兰学习成绩不错,特别喜欢物理课。

"你逃过学吗?"我有意问他。

乌兰站在我们面前,脸更红了,只是笑。

"他没有逃过学,他是个很用功的学生,成绩不错。"陪同我们的白杨河学校老师吐尔逊别克·艾合买提帮他解了围。我们才知道,吐尔逊别克就曾经给乌兰教过课。也是由于这个原因,乌兰总是一副敬重的神情,对我们的问话往往笑而不答。

乌兰最遗憾的是,由于没有钱,他只能上完初中。不过,学校学过的知识帮了他的大忙,除了放牧、种地、打草,扎实的物理知识使他不仅会开拖拉机等农具,而且还会修理。这位26岁的青年,家里已经有60多只羊、8头牛,儿子5岁,妻子已经又有身孕了。现在他的日子过得有滋有味。

我们的注意力旋即转向了说得一口流利汉语的吐尔逊别克。这位总是笑呵呵的中年人,在白杨河学校担任双语教师。当然,白杨河学校也是他的母校。

不能让子孙做没文化的人

"爷爷说,明天上学去。邻居家上四年级的孩子带上我骑着公牛走了。但是,我没有本子,写不成字,就一路哭着回来了。"吐尔逊别克8岁入学,第一天的上学经历他一直都难以忘记。

"爷爷就赶紧到邻居家借了两个本子回来,我高兴了,点着马灯,直到写完作业才去睡。"

那时候,他上学并不容易。秋天的时候,河坝上到处都是高高的苇子草,骑在马上,只能看到马耳朵,看不到路,一不小心就会迷路。河坝里能过河的地方少,爷爷骑着马,他坐在爷爷后边死死抱着爷爷的腰,马跳了四次,才跳过了河坝,他和爷爷的衣服都被打湿了。所以,每次过河的时候,他都很害怕。

他上三年级的时候,也就是1984年,白杨河有了桥,学校也开始了寄宿制,他就可以一个月回一次家,路上也不用这么担惊受怕了。

有意思的是,吐尔逊别克上学也是随着季节在迁移。8月至9月,他在山上上学,10月就放假。等到10月中旬搬回来在学校上学,到第二年4月放假。然后6月上学,7月放假。

在山上上学的时候,教室是一间石头盖的房子,学生拿块石头坐在上边,黑板是用电池里的黑油抹上去的。

吐尔逊别克邀请我们去他父亲的家坐坐。于是,我们穿过长长的胡杨与梭梭林交织的牧道,前往离学校二三十公里以外的喀拉苏村。在一片开阔的原野上,出现了一座房子。

吐尔逊别克的父亲艾合买提·托提,57岁,清癯的脸颊,一双眼睛炯炯有神。他的三个儿子和两个女儿全都上完了高中。

"我没上学,但我要让子孙都上学,不能做没文化的人。"

这个家庭看上去并不富裕,他的父亲几年前做了肿瘤手术,年迈的母亲正在做酸奶。

吐尔逊别克的妻子也是白杨河学校的教师,他的儿子长得虎头虎脑,知识无形的陶冶让这个孩子的身上充满了一种早慧的气息,他像他的祖辈们一样,崇尚知识,将来当一名教师也是他的缤纷理想中的一个。

的确,不能让孩子做没文化的人,这是生活在白杨河流域的人们多年来形成的共识。所以,他们要坚守,要建设,要让这所年代久远的学校流传到永远。

吐尔逊别克还非常清楚地记得,有一年,白杨河发了一场历史罕见的洪水。

"那是1994年4月29日,早上12时左右,我正在上课,一个女人慌慌张张地跑来,叫喊着:洪水来了!把我的房子、孩子都快冲走了!救救我们!我朝外一看,洪水真的来了,我们跑到她家的房子里,那时候洪水已经淹到了我的腰部,女人还想把窗户上的窗帘取下来,我们硬把她拉出了门,把被子和面粉搬到马车上,我们走了不到十分钟,房子就塌了。我们又到羊圈里把几只羊拉出来,此刻水已经淹到了我的胸口,我们绑着绳子一个拉一个地过了河坝,那些来不及过河的人就上树了,那些人一直待到天黑,有人骑马过去把他们从树上救了下来,最后,洪水一直淹到了柳树梢。"

"洪水太大啦,学生的生命安全受到威胁,学校紧急联系10辆班车,把学生们拉到地势高的地方,他们就在车上过了一夜。洪水一直淹了3天才慢慢开始消退,河坝里的房子全都没有了,幸好牧民已经都转场走了。"

吐尔逊别克在描述这一切时,虽语气平静,展现在我们面前的,却是惊心动魄的一幕。他和孩子们共同经历了一场惊险的生死逃亡。

初中毕业后,吐尔逊别克在自治区粮油学校上学,毕业后本来可以留在托里县,但是他对白杨河学校的感情很深,还是觉得家乡最好,1993年就到了这里当老师。为了当好教师,他常常半夜看书写字。

"我已经教了四届初中学生,双语教学,让孩子们可以顺利阅读一般的读物,请假条要会写,我要求孩子写字要坐正,作业就是复习,讲话和写字都要多练,让家长也要加强管理,我经常对孩子讲的话是:'不学知识你连花的钱都没有!'"

如今的白杨河学校,是乌雪特乡唯一一所自治区、地区重

103

点寄宿制学校,学校占地面积4万多平方米,已经成为塔城地区花园式学校、德育达标学校。初来乍到的人可能会吃惊,在一个很不起眼的乡村里,竟然拥有一座年代久远、存有几万册图书和几千个教学仪器的学校。并且,这座学校的教育设施和规模还在不断发展壮大着。

白杨河学校,这座新中国成立以前民间兴办的学校,从战乱年代走过,经历了时代风云变幻的洗礼,在新中国成立以后,在党和国家阳光雨露的哺育下,越来越走向规范,汇合到了国家教育的步伐中。它的黄金时代到来了。

白杨河学校孕育了几代人的梦想。梦想如歌。

一代代白杨河人就在这里坚守。河水涣涣,白杨河学校蕴藏着的许多故事和传说,还会在时光的推移中,不断地留给人们无限的遐想,无尽的感喟。

"新疆妈妈"的爱心旅程

她们是一群行走于爱心旅程的"新疆妈妈",她们把爱的雨露洒向人间。她们所到之处,给贫困母亲和儿童带去急需物品,带去文化大餐,带去欢笑,也带去了美好的希望。在她们不懈的坚持下,"新疆妈妈"互助协会的影响力不断地扩大。于是,在感动与被感动中,城乡之间的距离在拉近,人间的暖流在无声地涌动。

——题记

震撼:我们不会当妈妈?

为什么要成立"新疆妈妈"互助协会呢?

创办者阎怡平的回答,令人震撼:

"忙了大半辈子,回到家,发现家里乱糟糟的,才突然醒悟了:自己的心一直都没放在家庭上,结果在单位不够宽容,还爱管别的部门的事儿,在家里忽视了丈夫和孩子,这其实对单位是损害,对家庭也是损害。家才是最重要的!"

我望着面容慈祥的阎妈妈,对于她的如此率真的回答,感到震撼。

而这种情形,细想想,在社会上,不是相当普遍吗?

"一位妈妈在家庭里的作用太大了,妈妈的一言一行影响着整个家庭成员。妈妈不会做饭,家里人就会跟着胡吃乱喝,得各种病;妈妈不会消费,盲目乱花钱,市场上垃圾食品就会更多;妈妈不会家庭教育,孩子的成长出现很多扭曲,社会问题就会由此产生……"

这些话题,充满了智慧,令人有一种茅塞顿开的感觉。

"一个妈妈就是一个家庭,许多的家庭就组成了社会,妈妈称职了,社会就有了更多和谐的因素。我们就是要先学会如何做一位合格的妈妈。"

63岁的阎妈妈的思路相当清晰。

她开始研究怎么吃才有营养,她开始变得轻言细语,开始懂得宽容,她开始注意布置房间,各种漂亮的贝壳、各种奇形怪状的石头、茂盛的花卉、墙上的书画照片,使她的家洋溢着一种浓厚的生活情趣和文化气息。

觉醒不是一个人的事情。阎妈妈以前就是搞调查统计的,走访过无数农村贫困家庭,对于社会现象看得很透彻,她想成立一个民间组织,先培训一批合格的妈妈,再由这些妈妈去教育、影响、救助、带动更多的贫困家庭的妈妈。2004年,"新疆妈妈"互助协会就这样成立了。

凭借着多年来从事管理工作的经验,阎怡平制定规范的管理体系,编写成套的培训教材,"妈妈标准"有了量化指标,"家庭贡献率"有了评估方法。她通过图表的方式把家庭分为几个阶段,从中解读妈妈在其中应起的作用。"新疆妈妈"互助协会里的新成员都要先听听阎怡平讲课,真正领悟一个至关重要的理念:爱家就是爱国,家庭强国家则强。

12月14日,我拜访阎妈妈的时候,还遇见了其他几位也在为台北、厦门之旅做准备的"新疆妈妈"。宋妍非常麻利地把午饭做好了:一盘土豆丝,一盘虾仁炒白菜,一盘香肠,玉米糊,馕。很简单的饭菜,却咸淡适中,吃起来非常可口。

吃饭的时候,宋妍还给我们教炒菜的绝活:"炒菜要放开水,这样汤是白色的。"

阎妈妈在一旁对我道:"你看,我们经常一起探讨如何吃得健康,这也是合格妈妈的必修课。"

今年刚刚加入协会的王俊梅提着一个大提包来了,为了购买到质量最好的干果和富有西域特色的围巾,她几次奔波调换,还受了不少委屈。她眼里噙着泪花说:"亲身经历了,才感到做一件好事很不容易,也更体会到了爱心的博大。我在这里,学到了很多东西。"

"新疆妈妈"互助协会里的不少成员听了阎妈妈的授课,甚至感叹如果早一点认识阎妈妈就好了,自己的人生以及家庭会有一个更加科学的轨迹。

惊奇:去看外边的世界

"新疆妈妈"互助协会有一个很新鲜的理念:旅游公益。

让妈妈们走出去,看看外边的世界,在旅行途中从事公益活动。当妈妈的视野开阔了,见识增多了,就是提升自己,同时也向外界展示新疆人自强、自立、自尊的精神。"旅游公益"活动对妈妈们的冲击力是巨大的,包括外在的和内心的。

2005年,"新疆妈妈"互助协会首次组织200多位妈妈,前往香港、澳门、深圳进行旅游公益活动,值得一提的是,其中有60多位是农村妈妈。

许多妈妈头一次走出偏僻村庄,那是她们做梦都没有想到的事情。外边的世界给她们打开了一扇新奇的窗户,妈妈们学会了开空调,换港币,刷银行卡,乘坐地铁,亲身感受了一把现代生活的味道。

每到一个地方,她们穿上美丽的民族服饰,表演民族歌舞,展现民族风情,让内地了解新疆。

2009年,在江苏,她们去慰问400多名南京支边青年,给他们戴上小花帽,送去新疆特产,让老知青强烈地感受到来自第二故乡新疆的关怀;新疆妈妈们参观华西村,吴仁宝被妈妈们的风采所感染,由衷地称赞道:"搞建设离不开你们这些妈妈。"

每年冬季,新疆妈妈们都要把亲手编织的毛衣穿在孤残儿童的身上,让这些特殊儿童同样感受到母爱的温暖。从2006年至2011年,新疆妈妈共编织了500多件毛衣。她们甚至与周边国家的妈妈开展国际民间友好交流,把蓬松柔软的毛衣送给了哈萨克斯坦和巴基斯坦的孤残儿童。

妈妈们说,她们看到了以前从未看到过的东西,思维变得活跃了,眼睛变得明亮了。

眼下,她们的爱心丝带又延伸到了宝岛台湾、厦门。12月15日,新疆妈妈们启程赴台湾,要和台湾妈妈一起进行联谊活动,相互交流,增进两岸人民的情谊;途中她们还要去慰问参加过新疆维稳工作的厦门特警,向这些最可爱的人献上哈达。临行前,新疆妈妈们又每人捐出120元钱购买送给远方亲人的礼物,沉甸甸的旅行包里还装着社会各界捐赠的民族服装、小花帽、披肩、工艺挂毯、书画、剪纸、20箱新疆乳品……

"我们是带着党和政府的关怀,带着张春贤书记的嘱托,去慰问厦门特警,去表达对台湾同胞的骨肉深情。"阎妈妈说,"这些东西再重我们也不觉得累。"

12月14日,是阎妈妈最忙的一天,她给接待方发传真,跟旅行社交涉日程食宿安排,跑了十几家商店采购爱心旅程必备的礼物,准备各种资料……她心里装了好多事儿,顾不上身体患有心脏病、糖尿病。由于经常奔波劳累,她腰椎滑脱,却顾不上好好医治。由于第二天就要启程,她才腾出时间去医院看病。在医院里扎针的时候,我无意中发现阎妈妈贴身穿的棉毛衫上已经布满了小破洞。在阎妈妈的家里,我看到她洗过手的水用来冲厕所、洗衣服,阎妈妈与其他妈妈们一样,省吃俭用,一年里有三四个月的工资都用在了慈善事业上。她在客厅支了一张床,饭桌成了她的写字台,上边铺满了纸张。每天夜晚,她写调查报告,写感谢信,向上级反映民情,直至深夜。

牵手:跨越城乡界限

7年多的时间里,"新疆妈妈"的目光始终没有离开过农村贫困地区的困难母亲和儿童。城市妈妈与农村妈妈牵手,救助困难家庭的妈妈和孩子,是新疆妈妈们几年来一直努力做的事情。

阎妈妈说:"每一次爱心牵手行活动,之前都要做大量的深入细致的调研,了解到有哪些类型的贫困家庭,急需哪些救助,有针对性地捐赠,把温暖送到最需要的人那里去。"

从2005年至今,新疆妈妈的足迹遍布喀什、和田、阿克苏、巴音郭楞蒙古自治州、塔城、伊犁、昌吉回族自治州等地州市15个国家级贫困村,救助了600多位困难母亲,为5000多名儿童赠送衣服、书包文具、体育用品、毛巾、拖鞋、锅碗、玩具、书籍、音响、洗衣机等。

"贫困是谁也不愿承受的痛,扶贫帮困需要社会主义大家庭中每个成员奉献爱心。"阎妈妈说。

. 新疆妈妈互助协会在城市和农村两地的妈妈和家庭之间架起一座爱心桥梁,让各族城乡妈妈"手牵手,面对面",让贫困地区的母亲感受温情,得到资助,共享和谐大家庭的温暖。

坐落在荒漠边缘的喀什地区疏勒县喀拉库木村传递着一个好消息,农民们十几天前就听说了新疆妈妈们要来看望他们,就一直翘首等待着。当新疆妈妈们提着大包小包、风尘仆仆地出现在这座偏僻的村子的时候,村子沸腾了,围着围巾的黑瘦的哑巴妈妈,挂着吊瓶刚刚开刀不久的妈妈,拄着双拐的妈妈,怀抱着孩子的妈妈,都来了,流泪,拥抱,手拉手地问候……新疆妈妈的心与这些农村妈妈的心一起跳动。

"新疆妈妈"的到来,让村子比过节还欢快热闹。"新疆妈妈"穿着旗袍,舞着扇子,向农村妈妈们展示中华传统文化的魅力,舞蹈家来提帕尔、歌唱家古丽鲜以优美的舞姿、动听的歌喉让村民们大饱眼福,麦西来甫更是将这次慈善慰问活动推向高潮,当城乡妈妈一起走进歌舞的海洋里的时候,她们之间没有距离。

当新疆妈妈们打开提包,把漂亮的绣花衣服送到贫困妈妈手里,把崭新的学具送到孩子们手中,贫困妈妈流泪了,失学儿童哭了。而那些把捐赠物品抱得紧紧的妈妈,也让"新疆妈妈"们热泪盈眶。她们真切地感受到所做的一切是多么有意义。

在阿克苏温宿县巩乃斯村,一个连电都没有的村庄,新疆妈妈带来了4万元捐赠物品,给孩子们穿上漂亮的衣服,换上新拖鞋,别上她们从未见过的漂亮发卡,和孩子们一起唱歌跳舞,一句一句地教孩子说汉语:"热爱伟大祖国,建设美好家园。"她们发现孩子们手好黑,于是教孩子们刷牙、洗手,养成讲卫生的好习惯。

疏勒县妇联主席苗生华感慨地说:"爱心妈妈不仅带给贫困妈妈所需的生活用品,还带来了新的思想,让偏僻乡村的妈妈们感受到了现代生活的气息。"

在霍城县特克斯村,一座妈妈爱心书屋开门揖客,新疆妈妈们捐赠的1万多套图书整整齐齐地摆在书架上,爱心书屋的志愿者马凤英激动地说:"新疆妈妈给我们带来新的思想观念,我们要像她们那样生活,给孩子做个好母亲,好榜样。"

特克斯村农民阿米拉古丽在受到新疆妈妈的资助时情不自禁地说:"我在中国大家庭里感受到温暖,我很幸福。"

"新疆妈妈互助协会"还要把这种互助模式引入农村,让乡村妈妈们也采用这种方式,互帮互助,改善贫困家庭的生活状况。

感动:唤醒更多的爱心

从2005年至今,"新疆妈妈互助协会"已经走了万里行程,她们用爱心去温暖贫困妈妈,并感动更多的人加入慈善行列。

"新疆妈妈互助协会"成员囊括汉族、维吾尔族、哈萨克族、蒙古族、锡伯族、满族6个民族。蒙古族副会长红英身患重病,还不忘表达对贫困妈妈的爱心,她告诉我:"是党和国家把我培养成为一名有知识有文化的国家干部,让我们的生活越来越美好。所以,怀着一颗感恩的心,我退休以后,也想再为社会多做一些事情。"由于她生病住院,没能参加这次新疆妈妈的台湾厦门行,但她让新疆妈妈们也带上了她特意准备的蒙古族服饰和哈达,代表新疆的蒙古族兄弟姐妹给远方的亲人送去美好的祝福。

新疆妈妈互助协会人员素质很高,来自社会各行各业,年龄一般在50~60岁,管理人员以往曾任机关事业单位领导干部,具有良好的人脉关系,组织能力强,管理经验丰富,能够驾驭大型的社会慈善活动。每一次开展牵手行活动时,通过媒体招募志愿者,为贫困妈妈献爱心就成为她们发自内心的一种需要和满足。

她们倡导城里有条件的妈妈,带上生活慰问品,自费到农村贫困家庭采用走亲戚的方式去看望农村姐妹们,资助需要帮助的妈妈,把爱传递到各个地方。

每一次牵手行活动的筹备都是非常周密谨慎的,一般都要花费半年多时间进行实地调研,考察农村贫困家庭,掌握贫困家庭哪些方面需要资助,与贫困妈妈交流,将城乡妈妈结成对子,并将名单公布给城乡妈妈。

接下来,就要对志愿者进行培训,学习国家捐赠法,了解公民义务与责任、公德条例、民族政策,尤其是对走村入户的形式、赠予的礼节、双方交往、举止、民族习俗、简单维吾尔语等都要理解和掌握。"牵手行"公益活动对于捐赠物的规格、行为标准、语言规范统一做了严格的条文规定,从而引导志愿者从不自觉的个人行为转变为自觉的文明的统一行动,使"牵手行"活动的成功有了良好的人文基础。

"新疆妈妈"走到哪里,哪里就激荡起爱的浪花。和田地区墨玉县阔依其乡党委书记陈素海对此很感慨:"说得多不如做得好,文明乡村、和谐乡村的思想教育学习一年不如城里志愿者妈妈来村里一次的作用大!"

当"新疆妈妈们"来到喀拉库木村的时候,喀拉库木村易米尼汗老妈妈激动地对村民们说:"村里的人没有去过大城市,城里妈妈的到来,让我们了解了外面的世界,开阔了眼界。我们村里的妈妈能不能捐1到2元钱,成立互助组,帮助孤寡老人,也为和谐乡村献一点爱心呢?"老妈妈的话在村民中激起了强烈反响,一位年轻妈妈大胆地提出:"牵手行能不能给村里捐一台洗衣机,我负责为村里的孤寡老人、困难家庭洗衣服!"

在新疆妈妈的感召下,自治区人民医院为喀拉库木村捐助价值上万元的药品和医疗器械,建起了一座村民们最期盼的卫生所,解决了群众看病难问题。

走进乡村奉献爱心的经历是令人难忘的。

钟志华在社区工作,她挑选了喀拉库木村家庭人口最多的贫困户买热米提,给每个家庭成员都带了一份礼物,一到村里,见到90岁的买热米提妈妈,她激动地走过去,像见到亲人一样紧紧地拥抱这位老妈妈,老妈妈感动得泪花闪闪。

任虹携带了送给两户的慰问品来到1000多公里以外的墨玉县巴丘克村,并动员自己的女儿、女婿和妹妹为贫困户捐赠面粉等生活用品。

杨秀英年逾60岁,虽然她自己还要抚养四个孩子,生活很不宽裕,却主动给农三师41团贫困学生捐赠了10件衣服。

"退休不能退到家里去。"在谈到为什么要参加"新疆妈妈互助协会"时,宋妍告诉我,"当我到贫困的农村去,看到那些可爱天真的孩子们,当孩子喊我们妈妈时,我流泪了,一个人的力量很小,凝聚起来就大了,然后一个妈妈影响周围3个人,另一个妈妈影响周围5个人,爱心的力量就会扩大,既提升了自己,也更有信心继续做下去。"

我带来了一点爱,却得到了无限的爱。这是新疆妈妈们加入爱心慈善公益活动后的最大感受。

爱心,源于感动,爱心,也唤醒了更多的人加入爱心行动。

一位驻村女干部的视野

和田市恰开什村,是和田地区一个普普通通的村落。但它,却在驻村干部吐送阿依·依地热司的不懈努力下,散发出勃勃生机。

先进文化拨云见日

当我们来到恰开什村委会,这里正准备开展文化活动。妇女们穿着花花绿绿的衣裙,像过节一样快乐。国旗、灯笼、彩旗也使得村委会呈现出一派节日气象。

吐送阿依身穿艾德莱斯绸衣裙,光彩照人。她笑吟吟地告诉我:"你看,这30面国旗代表了改革开放30年,我们要让群众了解在社会主义制度下的幸福生活,坚定地走社会主义道路;这13个红灯笼,代表新中国的13亿人口,代表了我们祖国大家庭团结的力量;而那3000面彩旗,代表了和田地区学教活动"三线一面",代表今天多彩的幸福生活,我跟村民说,我们每一个人都有梦想,汇聚起来就是中国梦。"

今年45岁的吐送阿依是和田地区妇联副主席。今年3月,在转变作风服务群众活动中,她主动响应号召,带队到基层去当了一名驻村干部。性格豪爽干练的吐送阿依,浑身总是有一股使不完的劲头,她是一个想切切实实做点实事的人,而她更明白,基层,才是她大显身手的地方。

来到恰开什村,吐送阿依利用20天时间深入调研,发现和解决村里存在的问题和困难。经过调查,她发现,该村非法宗教氛围浓厚,文化活动匮乏,学生到校率较低,个别家长不支持孩子接受国家义务教育,40户空巢老人生活存在困难……

但是,把什么地方作为突破口呢?吐送阿依一边挨家挨户调查了解村民情况,一边思考着采用什么样的方式最受群众欢迎。

她发现当地年轻人喜欢摔跤,喜欢打篮球,喜欢骑马,心中一动:就从组织开展各种文体活动入手,用现代文化进村入户的方式,来影响和改变当地村民的精神面貌。

文体活动,村里男女老少都喜欢,所以工作的开展也十分迅速。吐送阿依在驻村不到一个月的时间里,就在村里成功举办了摔跤比赛、篮球比赛,60匹马参加赛马叼羊,吸引了2000多人观看,邻村的村民也闻讯赶来。

"那天,我特意穿了一套黄色的艾德莱斯绸的裙子,代表了我们是中国人,黄皮肤。"吐送阿依郑重其事地说。她一直以自己的穿着打扮,来影响着村里的妇女着装。

在活动中,她还巧妙地召集村里的手工艺人把自己的拿手绝活展示出来,手工艺品编织、扫把制作、酸奶、地毯等,既满足了村民的需求,又为村民增加收入渠道寻找到新的契机。

在吐送阿依的带领下,全村掀起了评比健康卫生妇女、教育科技妇女、理财妇女、生产女能手、爱心妇女、手工编织妇女、服饰化妆妇女等活动,最终又从这60个妇女中评选出十佳妇女代表。这些优秀妇女就成为全村妇女的引领者。

门前不堆放垃圾,家里要整洁卫生,作为妻子和母亲如何让自己更漂亮,如何让家人更健康,如何教育孩子,夫妻之间如何相互尊重、相亲相爱……一系列妇女靓丽工程开展以来,村里的变化是巨大的。

正是在这种氛围下,一户村民家15岁的中学生在被父母包办订婚之后,勇敢地找到了吐送阿依。彩礼被退回去了,一桩愚昧违法的婚事被终止了。

我的祖国、四个认同、改革开放、幸福生活哪里来等爱国教育活动更是让村民们了解了以前不曾了解的东西。几个月来,通过开展各种各样的文化活动,村民们尤其是妇女们的精神面貌有了很大变化。她们在活动中充分展示现代妇女的风采,展现个人魅力,社会地位也在提高。现在,村里建起140平方米的文化活动室,定期开展文化活动,这个村的现代文化氛围越来越浓厚,并成为和田地区现代文化示范村的领头羊。

听党的话,跟着党走

她经常对村干部说:"党说什么,我说什么,党做什么,我做什么。要搞明白我为谁服务。"

吐送阿依认为,密切联系群众,就是要切实为群众解决他们生产生活中存在的困难。

吐送阿依天天有干不完的活儿,早上9点就到村里来了,晚上11点多才回家,抓稳定工作,抓思想工作,入户谈心,扶贫济弱。

村里的40户空巢老人盖房子缺钱,吐送阿依就积极帮助协调争取扶贫资金,现在已解决20户资金,让他们住上42平方米的富民安居房。明年计划再解决20户。

村里的水渠年久失修,影响耕地浇水,吐送阿依就协调解决了沙子、水泥、钢筋等,村民出劳力,修建3公里防渗渠,现在村民浇水非常方便。

这些做法,让村民们深受感动。工作组在村里的感召力越来越强。

"我们进村入户,要满足百姓的需求,帮助农民增加收入,让他们生活快点富起来。"

工作组走进农民家,挨家挨户宣传党的政策,依法管理宗教事务,帮助农民浇水割麦子,指导村里的妇女们让漂亮脸蛋露出来,黑头发飘起来。

吐送阿依带着工作组入户的时候,发现村民吐尔逊·艾买提家里满院子堆着扫帚,正愁着怎么卖掉。于是她就联系市场,并帮助他计算成本,将批发价从12元提高到15元。结果,一个月卖了1500个扫帚,利润达5000多元。

"我们服务百姓就是要用现代文化引导和帮助群众脱贫致富。"她说。

61岁的阿提克木汗·胡大拜提,养了两头牛,夏天产奶量高,无法卖掉就会坏掉,她从4月开始天天做酸奶,吐送阿依帮助她把酸奶销售到了和田市,一天就可以卖出四五十碗。做酸奶一个月纯收入可达5000元。目前,阿提克木汗·胡大拜提又买了一头小牛,准备扩大酸奶制作规模。

村委会委员买吐尔逊·库尔班告诉我:"工作组来了,宣传富民政策,解决实际问题,包括协调解决防渗渠的修建、妇女的教育问题,到6个村组6次宣讲,教育妇女干家务事孝敬父母,讲卫生。他们把村里的小事大事都当做大事,我们村里860多户人都喜欢她。其他村也在推广她的经验。"

吐送阿依经常这样语重心长地把党和国家的惠民政策以及北京天津援疆工作给老百姓带来的实惠,一五一十地讲给村民听:

"你知道这个新房子是谁建的?"

"不知道"

"80平方米富民安居房,国家拨出一大半资金进行补贴,而一少半自己掏,有了国家的资助,才有了新房子,知道了吗?"

"知道了。"

她总是对他们说:"你们吃的住的都是党给的,一定要珍惜,要感恩。"

她每周五给村里的宗教人士上课,讲党的政策。

村民阿依努尔·托乎提告诉我:"现在村子里感觉像过节一样,我更明白党让做什么我就做什么的含义了。"

吐送阿依说:"对我来说,农民的小事在最基层是必须解决的大事,矛盾在最基层化解才不会出大事。"

几个月来,她没有休息过一天,村民问她:"你不累吗?家里没事吗,天天来村里,不烦吗?"

她说,"不累,不烦,你们配合我的工作我就很高兴。"

吐送阿依说:"我要用自己的行动去影响村里的妇女。"她每天去村里的时候,都要穿艾德莱斯绸裙子,打扮得漂漂亮亮,宣传维吾尔族优秀传统文化,村里的妇女们很羡慕,也开始跟着穿。

现在,村民们经常打电话给她:"你咋不来?我们都想去看你呢。"

最近工作组正忙着为恰开什村协调解决160多套校服免费发给贫困学生的事宜。爱国主义驾校培训班和汉语唱红歌活动也在热火朝天地开展。

工作组成员朱新海说:"我们组长吐送阿依工作积极主动,有计划,我从她身上学到好多工作方法。"

"现在村民们都把我当家里人,子女读书、夫妻吵架、农民贷款等,都来找我。"吐送阿依乐呵呵地说。

一颗忠诚的心

在村里开展工作时,吐送阿依也遇到很多困难,她感叹道:"在村里开展工作真是比生孩子还难。"

但是,凭着一颗对党忠诚的心,无论遇到再难的事情,她每天都是斗志昂扬,尽全力克服困难,勇往直前。

吐送阿依生长在一个有着良好氛围的家庭环境中,她的父亲依地热司·吐尔逊,是一位老军人,也是一名老党员。在家里,他经常对他的儿女们说:"孩子们,我们是中国人,新疆是中国的,一定要爱祖国爱家乡,一定要好好学习,做对社会有用的人,一定要依靠党,没有党就没有我们的今天。"

在吐送阿依的心目中,党是至高无上的。她非常注重学习,连续在中央党校、自治区党校、和田地区党校进修和学习,学习和了解党史、民族史、宗教史。所以,她理论水平高,视野开阔,在实际工作中,能够运用党的先进思想来指导实践。

在村里,她积极开展民意调查,针对群众需求,积极发挥地区妇联与该村长期帮扶的桥梁作用和优势,组织年轻人学习党的"十八大"精神和党的惠民政策,组织妇女们用维汉两种语言开展"歌唱祖国"联唱活动,引导妇女崇尚科学文明,破除封建思想,淡化宗教意识。她引导村里的各族干部群众牢固树立马克思主义理论思想,树立正确的国家观、民族观、宗教观、历史观、文化观,树立汉族离不开少数民族,少数民族离不开汉族,各少数民族之间相互离不开的思想,进一步增强对伟大祖国、对中华民族和对中国社会主义道路的认同,广泛宣传民族团结政策,狠抓维稳工作。

她怀着一颗对群众的真心,带领当地群众致富真干,解决实际问题,充满激情地为群众做好事,办实事,解难事。

吐送阿依也是一位幸福的女人,在家里,她是一个贤妻良母,和丈夫非常恩爱,对孩子教育有方,两个孩子全都考上了新疆医科大学。

她的老公非常支持她,经常鼓励她:"你把党的工作做好,家里的事我来干。"

这是驻村女干部吐送阿依的视野。作为一名共产党员,正由于有了这种高远的视野,她的人生也变得格外美丽。

卖酸奶的哈萨克女人

她是一位有着灰色眼睛的漂亮女人,当她看你的时候,眼睛里满含着真诚。今年40岁的库里孜拉·胡马西显得还很年轻,白皮肤上由于紫外线的照射而带有些微的血丝。在阿勒泰市明亮的阳光下,她整个人显得很精神,也很灿烂。

库里孜拉·胡马西特意穿着白大褂,很容易让人联想到她手里的各种奶制品很洁净,很安全。她的摊子前,总是顾客不断。

来自布尔津县的小刘正拿着一个大塑料壶打酸奶,他说:"这些够吃一个星期,我们活动量小,吃饭以后,吃些酸奶可以助消化。"

"这里的酸奶是纯纯的哈萨克酸奶,比别的地方的好吃,所以只要我有机会来,必定要买些酸奶带回去吃。"

看着库里孜拉·胡马西忙前忙后,他感叹着:"买蛋糕不如自己做蛋糕,她做得很对。"

总是面带微笑的库里孜拉·胡马西接过话茬,对我说:"我是下岗工人,原本给别人打工,后来看到亲戚卖酸奶,我也尝试着开始卖,我到山上去收牛奶,那是牧民的土牛奶,质量很不错,回来烧开,再熬5分钟,关火,等到奶子凉下来,一桶10公斤的牛奶里,倒进3勺酸奶做引子,搅一搅,5个小时以后就发酵了。"

库里孜拉·胡马西就是克木齐山上长大的孩子,从小吃妈妈做的酸奶,也和妈妈学会了做酸奶。

酸奶稠稠的,喝一口,甜中带酸,一茶杯5元钱。如果喜欢甜的口味,桌上就备有砂糖,可以自助。桌上还摆有很多各色奶疙瘩和奶酪,供人品尝。有的酸,有的甜,有的颜色接近褐色,有的呈现乳白色,有的硬得咬起来咯嘣响,有的吃一口柔软而略有韧性,浓烈的奶香直入喉咙。吃的人络绎不绝。这些形态各有千秋的乳制品都是库里孜拉·胡马西从山里的牧民家收购来的,一家有一家的特色,她看一眼就知道哪家的好。为什么奶疙瘩有的颜色白,有的发黄,有的形状不规则,有的很方正呢?库里孜拉·胡马西告诉我,这是每一家的手艺不同造成的,形状不同是因为有的奶疙瘩是用手掰开的,有的是用刀子割开的。

琳琅满目的酸奶疙瘩十分诱人,这里的顾客乐得根据自己的喜好来选择。

我一边品尝着酸奶,一边听库里孜拉·胡马西讲如何制作奶豆腐:10公斤牛奶熬5分钟,然后倒进2公斤酸奶,再烧开几分钟后,用纱布包起来一挤,水漏完以后,就成了奶豆腐,一公斤卖50元钱。库里孜拉·胡马西皱皱眉头说:"熬的时候温度很高,所以做的时候很累。"

库里孜拉·胡马西干了5年了,每年从5月干到10月,这个季节,是阿勒泰市最好的旅游季,一个摊位一个月可以挣七八千元。"我早上九点多就来了,晚上什么时候卖完什么时候走,有时候要到一两点钟。"她说。

冬天就不卖了,她会收藏500公斤酸奶疙瘩、奶酪和干酸奶,主要以批发为主,老顾客会找上门来的。

直至夜里一两点,还有人坐在阑珊夜色中,悠然地喝着酸奶,嚼着奶酪,有一搭没一搭地闲聊,享受这美好的夜色中的幸福生活。

"我喜欢做酸奶,这是最好的绿色食品,看到人们都爱吃,我就很高兴,因为我们是56个民族的大家庭,其他民族都了解、都喜欢我的奶制品,我就满足了!"

看着人们津津有味地品尝她做的酸奶,库里孜拉·胡马西欣慰地笑了。

一起拍电影去

拍电影,在年轻人眼里充满了浪漫和新奇。那么,集结一帮网友,拍一部自己的电影,这可能吗?它的前景又会是怎样的呢?

山寨版?草根派?

当一个帖子被放到网上的时候,发帖子的人自己也没有想到,这就像把一颗石子投入了平静的湖水里,激起了无数涟漪。

帖子的内容究竟是什么?它的吸引力何在?为什么会激起这么大的反响?

发帖子的人叫河岸(网名),他在克拉玛依"强市论坛"上所发帖子内容大致是这样的:"我创作了一个剧本,想在克拉玛依拍一部油城百姓自己的DV电影。有兴趣演的朋友请在站里留言。"河岸把剧本里各类角色的外形、性格、年龄要求等发上去,让网友自己对号入座。当他发出了"一起拍电影"的信号的时候,犹如一声号令,应者如云。这令河岸无比兴奋。

一帮为了拍电影而相识的网友就这么聚集在一起,草台班子很快搭起来了。

那是2007年,第一部油城人自编自导自演的DV电影《逆光》出笼了,2008年3月在深圳DV生活频道和克拉玛依电视台播放。

由于《逆光》的播放,参与拍摄的演员们成了油城人津津乐道的人物。

目前,河岸正在"折腾"他的第二部DV电影《雨祭》,是一部以现代人情感生活为题材的都市情感剧。河岸试图通过复杂曲折的矛盾纠葛、波澜起伏的故事情节来警醒人们:暴力、疯狂和失去理智只能受到更大的伤害。

这一回招聘演员的方式依然是网上发帖子,所不同的是,河岸让报名者在约定的时间里去同一个地点进行面试,这一次更热闹,一下子来了30多个人,一共面试了3次,累计人数超过50人。

由于有了前一部的拍摄经验,《雨祭》的拍摄更顺畅一些,从2008年11月开机,到1月中旬就可以杀青,预计只用3个月的时间。拍摄手法更趋于成熟,剧组运作也开始有条不紊。

可是,有一条消息有如"空穴来风",令他始料不及:《雨祭》还没拍完,某报上赫然亮出"克拉玛依首部山寨版贺岁片《雨祭》将在春节上映"的报道。

媒体莫名其妙地将他的这部原创电影冠以"山寨版"之名,那么何谓"山寨版"?"山寨版"的说法为什么会让河岸感到无辜受到诬蔑呢?

"山寨",也是刚刚出现的一个新名词,其实很多人还并不知道其确切含义到底是什么。"山寨"一词,初起于通过小作坊起步,快速模仿成名品牌,涉及手机、游戏机等不同领域,其实就是盗版、克隆、仿制的意思,由此衍生的词汇有山寨机、山寨明星、山寨春晚等等。

正因为"山寨版"意指仿冒,作为编剧和导演,河岸坚决否认他们的电影是"山寨版"。

"我们的电影从剧本到拍摄全都是原创的,根本不存在模仿或抄袭。"

一直低调出现的河岸更倾向于将他们的电影称之为"草根派",这又是为什么呢?

"草根"直译来自英文,释义是:①群众的,基层的;②乡村地区的;③基础的;根本的。后来"草根"一说引入社会学领域,"草根"就被赋予了"基层民众"的内涵。

河岸之所以更趋向于"草根派",是由于草根,令人想到那些没有任何身份限制但才华横溢的人,有热情,有见地,不一定任何方面都很专业,但是他们身上有一种勇往直前、百折不挠的精神。

河岸坚持以极其认真的态度对待拍电影这件事,他拍电影不是闹着玩,不是过把瘾就散伙,他在有计划地一步步实现一个目标:把一帮在表演、编导以及音乐舞蹈等方面有梦想有追求的人聚集起来,给他们一个平台,通过拍电影这种形式,实现自我价值,实现人生梦想。

从"草根"起步,但是目标却是要一步步达到专业电影水平,编剧手法、拍摄手法要一部比一部有长进。

追梦的过程还浪漫吗?

真正参与过拍电影的人才知道,拍电影,可并不是一件容易的事儿。

找场地被别人像皮球一样踢来踢去,找资金不得不到处"化缘"屡遭冷遇,找群众演员不得不跑到大街上求爷爷告奶奶,拍电影不分昼夜奔波劳累……

如果他们真是沿着"山寨版"电影路子走,哪里会遇到这么多的苦涩与无奈。

并不浪漫的拍戏历程对于这些年轻人而言意味着什么呢？经历了这么多，他们的心灵世界发生了怎样的变化呢？

1月12日，河岸在筹措了多日之后，终于在这一天约定了拍摄剧本中KTV包厢中的几场戏。头一天，他就一一通知演员，将一切活动推掉，必须参加拍戏。中午1点多，河岸前往"911"工作室，在这里，河岸再一次在"星城传媒影视QQ群"上发布了一条公告："星期天拍摄KTV的戏，请格格、雷鸣、马磊、马燕、麦克熊、刘辉、楠子做好准备等通知，请先推掉杂事，给点时间。"同时，河岸还要在QQ群上找一些群众演员。

"我们2点准时开拍。"河岸说。

"我联系KTV包厢。"朱飚回答。

河岸与朱飚飞快地赶往一座酒店寻找场地。可是，关键时刻主管的手机打不通，万一场地谈不拢……我在心里为他们隐隐担心。还算幸运，等待了一会儿，领班再次给主管拨电话时，通了，尽管星期天客人多，免费用包厢难免影响到酒店的生意，但由于朱飚是这里的老客户，场地的问题还是迎刃而解了。

河岸和朱飚又立刻赶回工作室，河岸继续在QQ群上指挥演员们尽快到位，指挥着需要化妆和盘头的演员做好准备，并且还要忙着给演员打印几份台词。随着咔嗒嗒的打印机的声音，时间一分一秒地过去。制片人朱飚提醒我去吃饭，我确实有点饥肠辘辘了，由于2点就要赶到拍摄场地，河岸根本没有时间吃饭。而朱飚陪我去吃饭，也是匆匆忙忙地扒几口饭后，就听说已经开机了，便急忙往拍摄现场跑。

在KTV包厢里，主要演员董格格、雷鸣、马磊、马燕、麦克熊、刘辉、楠子都已经打扮成了剧本中的角色，琢磨着各自的台词，河岸在调试着摇臂摄像机架，而导演助理赵明正在整固话筒上的电线,小编剧刘易打起了反光板……是的,第二部电影,他们的设备全部更新,摄像机也换成了高清数字摄像机,是那种可以直接与电视信号匹配的专业摄像机。

经过一番紧张的准备之后,河岸一声令下:开始!坐在包厢里的演员们开始表演了。

初见女一号董格格,发现她比镜头中少了一些稚气,多了几分明星风采,身高170厘米,亭亭玉立。25岁的董格格,满族,"强市论坛"时尚版版主,也是由于这个身份,她很快注意到了河岸的帖子,由于她曾经做过模特、当过歌手,具有舞台经验,顺利通过了面试,在头部电影《逆光》里,就当上了女一号。现在她在第二部电影《雨祭》里,也是女一号。

"机子一对着我,我的头皮都发麻了。"回想初次拍戏的感受,董格格笑了。

"后来慢慢入戏了,就不紧张了。"董格格现在开了个酒吧,名字就叫"逆光",酒吧里也贴满了电影《逆光》的海报。由于第一部电影《逆光》在克拉玛依电视台播过两次,董格格的酒吧生意很不错。

"我拍电影的最大收获是圆了我的明星梦想,现在走在街上,好多人都能认出我来。"董格格非常想当演员,为此她曾经"北漂"过,在北京电影学院晃了一个多月,当过群众演员。还曾经去成都参加过超级女声大赛,入围梦想中国新疆前12名。也曾经去广州唱过歌。

"但是,在外边奔波,我感觉,城市太大,自己太渺小。"

现在,她自己孤军奋战未果的梦想终于在拍电影的过程中实现了。

"我特满足,我们虽然设备比不上别人,但我们已经努力做到最好了。我们都在用心去做,付出努力。"

楠子，幼儿教师，不仅自己参加拍戏，还推荐了家里上高三的妹妹许彩倩茹也扮演了一个角色。

快要参加高考的中学生来拍戏，不影响学业吗？

"不影响，我的戏只有四场。"许彩倩茹只有18岁，笑的时候眼睛眯起来，十分可爱，"拍戏让我提前进入现实生活了，也为自己打开了今后的发展空间，班里的同学都羡慕我呢。"

公务员刘辉浓眉大眼，很像偶像剧里的演员。他平时爱看电影，所以一看到帖子就来了。

"拍电影，可以增加生活爱好和人生经历，等到我老了的时候，可以搂着孩子自豪地说：看，这是你老爸拍过的戏，那多有成就感。"

为了使表演更具有爆发力，刘辉每天读报纸练口才，他还想出一个招：含着石头训练发音。

"刚开始拍戏时，脑子里一片空白，手都不知道放到哪里了。但是每次拍戏都感到有收获，并且也能很快进入状态了。"

"拍戏确实很艰辛，所以一部电影是一个团队共同努力的结果。"刘辉感叹。

前几天，他们还开着一辆没有暖气的破车，在零下20多摄氏度的下雪天儿，跑到很远的野外，从晚上9点一直拍到凌晨2点多。拍戏并不像想象的那样好玩，一个镜头往往需要反复拍摄，在雪地里站一会儿，人就冻得耳朵疼，演员们只好拍一会儿就到车里裹上大衣暖和一会儿，而剧务人员得一直坚守在外边，冻得话都说不出来，导演河岸一直扛着摄像机拍摄，严寒最终使他胃痉挛了，痛得蜷缩在地上……

回族青年马燕扮演的是一个有着歹毒心肠的女人，现实中的她其实开朗随和，与角色有一定的反差，一开始总是入不了戏。

"导演说我演得不够狠,不够妩媚。这个人物性格多重化,难度大,我曾一度想放弃,但我想为自己争口气,于是看相关电影,揣摩人物性格,对着镜子练表情,现在终于可以较准确地把握分寸了。"

还没结婚的马磊,已经在戏中当父亲了。当孩子管他叫爸爸的时候,他心里感觉特别新鲜。这位俄罗斯族小伙子是婚庆公司的经理,曾经演过"羊肉串"也是当地小有名气的司仪。当他看到网上的帖子就立马来了。为了演好律师这个男主角,他天天对着镜子研究表情、动作。被围攻、被毒打、给人下跪、失声痛哭等等难度很大的表演,他都认真去演。为了拍戏,他已经损失了几个客户,但他觉得值。这不,今天一早他就跑到白碱滩忙活公司的事儿,中午又赶过来拍戏,一场戏反反复复地表演、调整、再表演,感觉腰酸背痛的,一天都没顾上吃饭。即便这样,当他终于坐下来休息一会的时候,他的热情还很足:"要是能天天拍多好啊,有连续性,可以更快得到锻炼。"他的话得到了在场演员的共鸣。

在拍摄现场,在上部戏中扮演男一号的王鹏也来了,这次由于工作原因他未能参与第二部戏的拍摄。拍电影也让这个27岁的油田职工变得成熟起来。

"我们拍电影,是为了把克拉玛依文化发扬光大,不是为了捧红某个人。"尽管由于他在《逆光》里的出色表现,在克拉玛依他也成了一个知名人物。但是他对此却看得很理性。

"拍戏,态度要正确,这个机会不是每个人都能有的,不能抱着玩玩的态度,一个人的表演不到位,整场戏都会失败。"王鹏觉得只要认真去做,拍戏就不那么难了。

随后,我跟着河岸,去看他拍最后一场戏。一场不足10分钟的戏,却足足拍了一个多小时。

三个演员雷鸣、马磊、马燕在表演着,河岸从正面、背后、侧面反反复复拍摄,不知疲倦。他一会儿告诉一号演员:"要表现出想摆脱她又无法摆脱很烦很无奈的内心,头要往左边偏一些。"一会儿又指导二号演员:"你看到他的背影觉得有点熟悉,眼神有点迟疑,而对方发觉有人注意他就转过头来,两个人的目光对在一起……你要调整站位,两手插在口袋里。"

　　他一天没顾上吃饭,兜里揣着一点糖和巧克力,来补充体力。摄像机在他的肩上,足足有4个小时,这种惊人的耐力和吃苦精神也成为剧组成员无声的榜样。

　　从2点拍戏,直到拍完,7点半,终于结束了,雷鸣禁不住张开双臂大喊一声:"收工了!"并唱起歌来。

　　"拍电影对我而言,第一丰富了我的生活,第二是学到了剧本中的文化知识,对人生是一种经历,现场应变能力都在长进。"雷鸣谈起拍戏,兴致很浓。

　　"拍电影是一个团队的事情,一开机,每个人都要全力以赴。"

　　"以前光觉得拍电影是有钱人干的事。"34岁的雷鸣有很多想法,"我们想通过拍电影让别人认识到我们其实是生活在一个很现代的都市,文化层次、物质水平、精神追求等都达到了一个较高的水准,让社会对我们的了解更多一些,不能还认为我们是骑着马上班。"

　　"河岸要是能坚持下去,我们就会成长起来。"

融冰之旅

　　有一天,朱飚正睡得迷迷糊糊,被河岸一拳砸醒:
　　"我要拍电影。"
　　"啊?拍电影?"朱飚似醒非醒地问。

尽管如此,当他们认定这件事情合法、合理、合情,就立即开始行动起来。目标一确定就义无反顾往前走。河岸是编剧兼导演,朱飚是制片人,这两个同为70年代的人性格互补,一收一放,配合默契。河岸确定大方向后,细节上的事全由朱飚来操作。

吃盒饭,啃干馕,没有演出报酬,自己掏钱"打的",还要搭上自己的精力、时间,挨饿受累,他们到底图的什么呢?

也许只有身处其间的人才能体会得到,拍电影,这个梦想太迷人了,以至于河岸天天沉溺在他的剧本情节中,反复推敲台词是否冗长,是否符合人物性格,反复修改。而副导演赵明正准备辞职,以便一门心思投入到需要他去做的一切事情中去。小编剧刘易21岁,在中国影视编剧群里,当内地的编剧告诉他新疆克拉玛依就有一个写剧本的,他干脆从独山子辞去公职"投奔"到了这个剧组。

"当时辞职时思想斗争很激烈。但是,自己还年轻嘛,应该出来闯一闯,梦想支撑着我。"刘易写的剧本《风雨之间一把伞》正在参加全球华人非常短片创意大赛。

"我最大的收获是更深层次地了解了影视拍摄过程,通过学习锻炼,拍出自己的电影,这是我的梦想,所以我义无反顾地来了。"

河岸想的是,我们上世纪70年代的人搭台,让80后90后的年轻人唱戏,共同圆一个电影梦。

而且,他们的梦想不仅限于此。

"一个城市单打独斗成不了气候,城市与城市协作,才能把新疆影视做大做强。"

"我希望每个城市都有这么个剧组,每年搞一次民间形式的比赛,只有这样热起来全民参与才能发展,有评比才能比出差距。"

"我平时拍戏朋友都知道了,大家已经觉得很接近自己的生活了,开始感兴趣了,慢慢发展起来就可以达到质变,也希望我们的做法带动更多的优秀的导演和演员,我们先行动,可以是榜样,集腋成裘。"

《逆光》在深圳电视台播出后,深圳电视台的评价是:剧本是成功的,多线索齐头并进,这种创作手法很难。

在《雨祭》里,波澜起伏的故事情节总是引人入胜。河岸的目的就在于要让观众在一波未平,一波又起的情节设计中,参与剧情的发展。

客厅,罗兰孤零零地坐在沙发上,怔怔地看着窗外想着什么。陈天浩慢慢开门进来,看着罗兰。陈天浩慢慢坐到沙发另一端,两人沉默片刻。

"对不起,也许我不该这么做。"罗兰说。

"没什么,迟早你都要知道的。"陈天浩。

"你现在打算怎么办?"罗兰

陈天浩沉默着。

"今天我想了整整一天。三年了,你瞒了我整整三年。在跟我的三年里,你是不是心里一直怀的都是仇恨。我在想,我在你心里到底算什么?你到底有没有真正喜欢过我?"罗兰(神情悲戚)说。

陈天浩低下头无语。

"小雨的事我也很难过,但这都过去五年了。你这样做小雨能复活吗?"罗兰说。

陈天浩木愣着没有吭声。

"你要么继续留下仇恨,要么就留下我,你自己选……"罗兰(含着泪水)说。

"给我点时间……"陈天浩说。

罗兰转过身看着陈天浩,突然一把抱住陈天浩。

"别再报复下去了,我不想失去你……"罗兰(哭着)说。

陈天浩痛苦地闭上眼睛低下头。

《雨祭》还没拍完,河岸又动手创作第三部剧本,剧情已经不局限于克拉玛依,而是延伸到了商业中心乌鲁木齐以及内地。反映在飞速变化的大环境里年轻人的追求和实现自我价值的历程。河岸意图把人生价值融入剧情,以引起80后的反思。

这部电影以歌舞的方式表现人物的情感和内心世界。街舞、恰恰舞、拉丁舞等舞蹈元素都要融入,音乐上要具有西域特色。河岸决心要把它拍得很时尚很青春。他希望创作的视野更大,反映的社会层面更加广阔和丰富。

"前两部应该算是实验电影,第三部是正式电影,现在正层层报批,计划进入正规主流媒体播放。"河岸说。

河岸认为,设备、资金和人才,是制约新疆影视创作的瓶颈。

"慢慢把电影市场带起来,深圳可以让全国电影、电视节目、纪录片都可以播放,欢迎一切DV爱好者,只要不是反动色情暴力的片子。"现实还很严酷,产业链尚未形成,这是河岸他们必须要面对的。

"路还很长,坑还很多。"坚忍、沉稳、不苟言笑的河岸有时候也会说一些这样的黑色幽默。

了解到这群年轻人拍电影经历的克拉玛依市民陈玲说:"我们克拉玛依的这些年轻人的思想境界是罕见的,在这个利益容易冲昏头脑的年代,还有这样一些年轻人为了理想、为了展现克拉玛依年轻人的时代气息而不计个人得失,这种精神是这个时代所应该提倡的。"

民间拍电影这事儿,在克拉玛依掀起了不小的波澜,剧组成员1月7日曾经在"强市论坛"上发布了一个帖子,短短一天时间跟的帖子就有7页。内容是这样的:关于本土电影《雨祭》的幕后:"克拉玛依本土电影《雨祭》经过了3个月的紧张拍摄,现在已经进入了最后拍摄时段!预计在春节期间首映!现在户外的天气非常冷,在这样的寒冷天气下,在户外拍戏,有的时候都拍摄到半夜三更,剧组的全体人员,导演、场记、灯光,包括所有的演员,大家都辛苦了!特别是导演,一直站在外面拍摄,演员拍完一组镜头可以回车里暖和一下,导演却一直在外面扛着摄影机,忙碌着!有的时候在外面一站就是1个小时,在这样的寒冷天气下,您可以试试在雪地里站一个小时的滋味儿……还有一位年龄只有5岁左右的小女演员,和大家一样,不怕冷,不怕辛苦,很懂事!为了给观众呈现一部精彩的本土电影,祝全体剧组人员,还有所有的参加拍摄的演员心想事成!最后,还是希望大家支持本土原创电影《雨祭》!"

网友们七嘴八舌,对《雨祭》的拍摄给予了高度关注。

"期待本土电影,强烈支持哦!呵呵!"

"拍电影确实很辛苦,加油!!!"

"导演要拍得好,加上演员演得好,那这个电影就有看头了!!"

"还是要向克拉玛依首批热爱电影事业并为之奋斗的一帮热血青年致敬!"

当然,也有扔砖的。

但是,《雨祭》剧组成员们在经过了第一部电影的摔打之后,变得成熟起来。

统筹"青色版主"的帖子表达了他们的心声:"摇篮里的孩

子总有一天会学会走路,我们都在慢慢成长,跌倒了,摔疼了我们不怕,我们会爬起来继续前行.希望社会各界人士多给予我们鼓励与支持。"

河岸,这位不愿透露真实姓名的人,就是想当个幕后人物。

"我就是想推动80后90后的年轻人去实现自己的梦想。"

从草根起步,但绝不止步于草根。他们要向专业水准一步步迈进,要做就要做到最好,这也是河岸为什么一个镜头都能反复拍摄数遍甚至十几遍的原因。他要汲取上部戏的教训,决不把遗憾留到后期剪辑时。他认为,与其那时候重拍,不如现在消除一切不如意的镜头。

拍电影,一直以来由于其拍摄成本高、技术要求精密严格、拍摄过程繁杂而成为门槛很高的一个行业,所以圈内人一向也瞧不上圈外人的"雕虫小技"。河岸却想成为民间第一个吃螃蟹的人,想通过一步步脚踏实地的探索,让民间电影也能分得市场一杯羹。而最终,通过高质量的电影来带动剧本创作、音乐创作、歌舞创作。

新疆电视台影视工作室主任刘雪清说:影视业在新疆太不容易了,要扶持,这种对艺术的执著是值得倡导的。

但是,他们首先要明确拍电影的目标是什么？要寻求良性循环的炉子,要遵循市场规律,拍一部产品要把销路打开,要考虑大众媒体。这样才能走远。在新疆,民营企业拍电视电影或数字电影的很多,做得好的却很少,大多刚刚起步,像这样拍摄一部90分钟左右的电影的还很少见,因为电影设备要求很高,还要考虑卖出去。中央电视台有个标准,省电视台也有个标准,演员即便不是名角,也得是实力派演员。

当石河子大学的一群大四学生开始拍摄自己的DV,并且很向往去克拉玛依参与拍电影的时候,河岸很感慨:其实如果当地的环境和土壤能够支持学生们梦想的实现,如果新疆的每座城市都动起来,新疆的影视产业一定是另一番景象。

"我们想融化新疆影视创作的一块坚冰,哪怕是一小块。"河岸如是说。

在新疆快乐生活

中国人都会飞么？

古丽娜·木拉提，圆脸盘，大眼睛，黑色的长发，戴一顶帽子，虽然看上去稚气未脱，但是18岁的她，已经完全确立了自己的人生方向。当她第一次踏出国门，寻求更广阔的认知空间的时候，她的脚步就异常坚定。她在新疆医科大学学医仅一年多时间，就说得一口流利的中文，和我交谈，毫不费力。

"我之所以选择学中医，是因为中国文化很悠久，很灿烂，尤其是中医学。我想学很多东西，然后回国开诊所。"

第一次离开自己的祖国哈萨克斯坦，古丽娜并不胆怯，因为她从小就习惯了独立生活。

"爸爸妈妈出去打工，留下我和弟弟在家，我学会了做饭，干家务，很自立，所以留学生活很快就适应了，比起其他人我更容易进入新环境。"

古丽娜一般早上8点多就起来了，吃点东西，就到教室上课。由于已经攻克了语言关，古丽娜觉得课程还是很容易理解的。

当然，乌鲁木齐的很多饮食偏辣，调料浓重，古丽娜还是不习惯吃。她喜欢不加调料的饮食，喜欢吃甜食和肉类，喜欢喝加糖的奶茶。

闲暇时光,古丽娜就会在宿舍邀请几个同学一起喝茶。她拿出从家乡带来的茶叶,用开水冲泡,再加入牛奶,加些糖,就成了一杯浓香的奶茶。喝着带有家乡味道的奶茶,古丽娜觉得很满足。

对于这些年轻的来自各个国家的留学生来说,更有趣的事情是彼此都相互学几句各自家乡的日常用语,比如"你好""见到你很高兴"等,一起聊天的时候,就感觉更容易亲近。当然,为了锻炼语言表达能力,他们聊天的时候,最常用的是汉语和英语。

古丽娜欣喜地说:"我找到学中文的一个好办法,就是看中国的动画片,慢慢提高以后,再看其他电影,我还与朋友网上聊天,这对打字帮助很大。"

远离家乡,古丽娜也很想家:"如果我想家了,就给妈妈发短信,妈妈就会给我打电话。家里还有个七岁的弟弟,家里人都拿我做榜样激励他好好学习,将来和我一样到中国留学。"说到这里,古丽娜笑了。

"我的高中同学中只有我一个出来留学,暑假我回去的时候用中文和我的同学交流,他们都很羡慕呢,他们还要跟我学说中国话呢。"

古丽娜和她的高中同学都喜欢看中国武打片,她说:

"我回国,他们会问我:你回来会像中国电影里的人一样会飞吗?中国人都会飞么?"

说罢,就和我一起开心地笑起来。

古丽娜还刚刚报名参加了武术班,她要学一学中国的武术,过一把瘾,回国再给同学们露一手。

"所以我原本也想当翻译,翻译中国的文学、中国的电影。但是由于国内的医生屈指可数,所以我还是打算当医生,去给更多的人治病。"

"当我来到吐鲁番,品尝了吐鲁番的葡萄酒,也想起了家乡的马奶酒,马奶酒有利于肝胆排毒,还可以抗癌,促使我想更全面的研究人体健康。"

西如意的如意人生

来自美国的西如意,走到哪里,都很惹眼。她面容姣好,身材高挑,一副眼镜则又让她显出一副书卷气。

她给自己起了个美好的中国名字——西如意。她在中科院新疆生地所负责国际项目管理。虽接触时间不长,性情爽朗、朴素大方的她给我们留下了深刻印象。

西如意在乌鲁木齐半年多,中文说得还不大好,很多时候,她不得不动用手机上的英汉翻译功能,飞快地输入她要说的词语,然后指给我看中文的意思。

她的工作就像"红娘",把美国的专家介绍到中国来,建立与中国科学家合作的科研项目,进行科学研究,比如与美国加州大学UCR合作科学项目。而沙漠、植被、动物、水资源,都是西如意关心的课题,最终目的是研究生态环境的治理和改善。比如研究红柳,研究植物的年轮,从年轮再现50年前甚至更久远年代的自然环境,通过年轮来看什么年代湿润,什么年代干燥,从年轮判定病虫害,研究气候的变化。

她的手机里,存着一只可爱的跳鼠的视频。那是她在阜康县做研究时拍下的。当她跟踪跳鼠,研究跳鼠的免疫力和抗病毒能力的时候,也和这种机灵的小动物结下了情谊,跳鼠跳到她手上、肩膀上,吃她手里的东西,这让她开心得不得了。和我说起这些,她眉飞色舞的。

西如意的另一项工作,是帮研究生写英文论文,也帮他们提高英文口语表达能力。每天,他们都要在图书馆进行杂谈,研究生们说中文,西如意说英文,经过一段时间的培训之后,再与外国科学家谈项目,研究生就可以听懂了。也是由于这个原因,西如意说中文的机会较少,一旦要说中文,就得借助翻译工具。

对于在乌鲁木齐的生活,西如意笑呵呵地说:"我住在比我的想象要更好的公寓。"

她给我比画着,她的住房有卧室,客厅,卫生间,厨房,冰箱、炉灶、微波炉都有,可以自己做饭吃。

由于乌鲁木齐找外国餐厅比较难,她父母从美国给她寄来食材,如果想吃家乡饭,她就自己动手做,她最喜欢做意大利面、金枪鱼奶酪三明治。

"我的哥哥是厨师呢,我经常把中国菜拍下来发送照片给家人,还有新疆的香料,他们看了很喜欢。"

西如意还特意找来介绍新疆菜谱的书,带回美国,还给她的家人带了点新疆的辣椒,她的家人爱吃辣味,品尝了新疆辣椒,觉得很美味,都想到乌鲁木齐来。

"找个合适的时间,我会把我的家人带到新疆来,一起生活。"西如意快乐地说。

"中国人很热情,乐于助人,我有一个好友,只要我有问题找他,他就可以想出办法帮我解决。"

西如意非常喜欢在新疆的生活。

"上周六我们在咖啡馆一起讨论怎么做中国饭,讲讲自己最喜欢吃的饭怎么做,很有意思。"

西如意的这些朋友有德国人、澳大利亚人、非洲人、哈萨克斯坦人、美国人,谈到尽兴处,咖啡馆的老板娘也坐下来和他们聊。在交谈的过程中,口语表达能力提高了,也更进一步了解了中国文化。

"我每天都在期盼这一天的到来!"

西如意已经通过这样的"厨艺沙龙"学会了做抓饭、饺子、包子、红烧排骨。

"那么多好吃的中国菜,听起来我都觉得很诱人哎!"

"平常,我有什么好吃的也送给同事吃,同事有好吃的也送给我。"

西如意说着,拿出一块有包装纸的东西,说这是他们在美国的早餐,用烤面包机烤一下很好吃。她执意撕开给我品尝,只见这块美国早餐外形有点像西饼,里边夹着红莓,外边沾有彩色的糖粉,样子很诱人,吃一口感觉很甜。西如意说这里边已经包含了早餐的营养。

我当时最遗憾的是,口袋里没有装中国点心,要不然,也给这位热情的美国专家尝一尝多好呀。中西文化不就是在这样的充满生活气息的交流中变得更有感染力的么。

我最喜欢的还是乌鲁木齐

林杰总是笑眯眯的,一副乐天派模样,一笑两酒窝,十分阳光。他会五种语言,除了说一口流利的中国话,还会英语、法语。最让人惊奇的是,在5年的新疆留学生活里,他还学会了说维吾尔语。

林杰来自尼日利亚,今年准备读新疆农业大学的研究生,学经济管理。谈起刚来乌鲁木齐时的经历,他很感慨。

"我一下飞机,不知道怎么和出租车司机说自己要到新疆农业大学去,因为我一句汉语也不会!"

林杰用手语和出租车司机比画了半天,司机还是很蒙,一句不懂。林杰急得抓耳挠腮,幸亏一位热心的女大学生过来给林杰当翻译,才解了围。

"刚开始的时候我觉得说汉语好难,写汉字就像画画。"

谈起初学汉语的经历,林杰叹息着。

一些热心的朋友开始帮助他,教他一笔一画写汉字,背词语,看电影《中国功夫》、电视剧《西游记》。慢慢地,他终于得以入门。

也由于这段经历,林杰的人生目标也在发生变化。

"当初我母亲做生意经常和中国人打交道,讲中国话,所以我来学中文准备将来回国做生意,但是现在我改主意了。"

"在我们国家,想学中文的人很多。我打算回国后开办个学说中国话的节目,帮助更多的人学习中文。"

林杰31岁,自己租房子住,自己做饭吃,生活过得有条不紊。他的女朋友在法国留学,每半年,他俩就回国去相见,人们都说他们的爱情很浪漫。平常他们就在网上聊天,打电话,发邮件,感觉距离并没有那么遥远。

林杰在新疆的5年生活,让他感觉到新疆的饮食和他们国家区别不大。比如抓饭,大盘鸡,鸡蛋炒西红柿。

"我们一吃新疆饭就想起了家乡,味道差不多,我每年回家用汉语和家乡的中国人说话,他们都很惊奇我会说汉语!"

"朋友问我中国什么样子,我对我的朋友说:虽然皮肤不一样,人都差不多。"

"乌鲁木齐这几年的变化确实很大,"林杰想起5年前他刚来乌鲁木齐的时候的尴尬情景时说:"走在大街上,一眨眼工夫就围了一圈人看我,现在没有了。人们的思想改变了,素质提高了。"

"过去乌鲁木齐的交通也没有现在便利,现在有各种交通工具,车也增加了,有很多高楼大厦,进口食品也多了,到商店买进口食品都很容易,逛街也很方便。"

林杰课余时间喜欢到处走走,他去过伊犁、博乐、喀什、和田、喀纳斯、布尔津、阿克苏,感受新疆各民族的文化。

"我喜欢到处走走看看,看看中国与我们国家的差别在哪里。收获很大,学到不少东西,一天学的东西在书上要花一年多才能学到。"

"我也去过北京、上海、广州、深圳、安徽,但是我最喜欢的还是乌鲁木齐,可能是第一次来中国就到了乌鲁木齐,它很包容,生活也比大城市更方便。"

"中国人很热情,我的邻居是两位老人,我每天去学校的时候他们都会向我问好。"

"我已经把乌鲁木齐当做自己的家了,在这里生活很愉快。"林杰冲我笑着说,"我爱新疆,我爱乌鲁木齐!"

"定居"：开在牧民心坎的幸福花朵

让游牧了千百年的马背民族固定在一个地方，居住下来，过一种像社区一样的生活，把漫山遍野跑着吃草的牛羊圈起来饲喂……这种变革无疑是巨大的，它究竟带来了什么样的结果呢？

一

驶过一片荒原，眼前一亮，只见左边是一排排蓝色屋顶的居民区，右边是一排排红色屋顶的居民区，整齐划一，美观大方。在荒凉的原野上，这片居民区就是一片盎然的生机，扑面而来，带给我们的是惊喜。

这就是位于新疆北部的塔城市齐巴尔吉迭社区。这里居住的都是从山上下来的牧民。

当我走进一户人家的时候，不禁惊叹：院子好大呀！这是29岁的居马汗·阿里木江的家。跟在一旁的社区党委副书记徐萍萍笑呵呵地讲："我们这里每户人家都这样，三亩宅基地，统一盖好了起居室、暖圈，通了自来水，接好了电线，有固定电话，方便得很。"的确，像所有居住在这里的牧民一样，居马汗一搬进来，政府就已经给他把必需的生活设施准备好了。并且，他们的每户院落，都有一个沼气池，他们平生第一次用上了燃气灶，一开火,蓝莹莹的火苗将以往烧牛粪饼的熏人的烟雾驱赶得无影无踪。

居马汗是从40公里以外的也门勒牧场赛特尔村搬来的牧民,皮肤黝黑,目光机敏,模样有点像美国大片里的西部牛仔。

令人想不到的是,这个从没水没电的穷乡僻壤走来的牧民青年,可以用像模像样的汉语和我交谈。

更令人想不到的是,谈话中,他用得最多的一个词是:发展。

在有些阴冷的天气里,我们有些瑟瑟发抖。居马汗坐在我对面,一双大眼闪着火热的光芒,他扳着手指头,跟我讲他每天都在想什么、忙什么。

听着他的叙说,我知道他已经像一辆驶上了轨道的马车,朝着他认定的方向,起劲儿地奔去。他的脸上,洋溢着灿烂的光亮。

居马汗就生长在那个没水也没电的赛特尔村。多少年了,他们就是天天赶着50只羊,在戈壁滩上乱跑。草,已经一遍又一遍地被羊啃吃,仿佛再也长不高。疲惫的草原就像是一位过度哺乳的母亲,日渐憔悴、萎缩。但是,眼望四周,他们世世代代就这么生活着,还能有别的选择么?生活的全部意义似乎就在这几十只羊身上,一年能够挣到七八千元就不错了。他们孤零零地住在一座用土块搭起来的房子里,下雨就漏,刮风的时候房子里也是尘土呛人。家里除了床和被子,一无所有。在那里,放眼望去,约莫几公里以外才会有一户人家,串个门,骑马都得走半天,搞不好主人还不在家。一旦生病,骑摩托车跑两三个小时才能到达场部卫生所。孩子上学,也得到几十公里外的学校去。

喝的水就是从井里压出来的发黄的水,是苦涩的。没有菜,天天吃馕。实在受不了时,居马汗就到塔城市去,专门买二三十公斤辣椒、茄子、萝卜,拿回来吃。可是,菜根本放不住,吃不了几天就坏了。家里没电,不能看电视。天黑了就只能在昏暗的油灯下发呆。生活只能是吃饭,睡觉,出去放羊。过去的日子以及将来的日子,都像是没头没脑的线团,能期望什么呢?青春的火热在年轻的居马汗体内涌动,可是他却一片迷茫,等待他的那个将来,会是什么样子?是像他的父辈一样,年年岁岁,一杆牧鞭在手,生命的轨迹就是赶着羊上山下山,直至终老么?

居马汗没有想到,在他最好的年华,改变的时刻到来了。

"现在搬到这里来多好!出门就是公交车,多方便。我的儿子发烧了,社区卫生院不到3分钟就到了。"居马汗看着他的满地跑的2岁的儿子,不知道用什么语言来表达自己的心情。

他家这么大的庭院总共费用是3.68万元,首付1.2万元,可以3至5年后等有能力了再付清余额。

居马汗是个有头脑的小伙子。他面前呈现着一个对于他而言全新的世界,这个全新的世界给了他一个大舞台,任凭他来施展拳脚。他想干的事情很多。2007年搬来,第二年他就开始育肥25头牛,并且贩卖牛羊,开食堂。社区配发的菜种子,他马上就在院子里种上了土豆、茄子、辣椒。要吃的时候,随手摘几个,新鲜极了。他从石河子订购了一台可以加工1吨饲料的大型粉碎机,全社区的居民都到他这儿来粉碎饲料。他的食堂是一个长方形的空间,摆放着方桌和椅子,可以容纳几十号人吃饭。抬眼一看,顶棚上装了激光灯,一到周末这儿就是舞厅。牧人以前在山上,到哪儿去找舞厅呢?想都没想过。现在他们三三两两地来玩,跳舞,唱歌,表达心中的快乐,结识更多的朋友。生活的圈子变大了,闲下来的日子就像那旋转的七彩灯一样填充了绚丽的色彩,欢笑陡然增多。

不仅如此,居马汗的眼光放得更远。他和农九师团结农场的汉族农工范家明合伙做生意,两人各出资两万元钱,先买来别人不值钱的牛,自己育肥后,再卖到屠宰场,肉卖了多少钱,皮子卖了多少钱,杂碎(指牛羊内脏)卖了多少钱,算好了,然后挣来的钱一人一半分掉。

"我们的关系就像亲兄弟一样,彼此之间特别信任。"居马汗谈起他们俩人的友情,真诚地说,"不管什么民族,都是中国人,都是一家人嘛,我就是跟汉族人学会了牛羊育肥技术。"

"我的大哥今年也搬来了,刚开始的时候他还不愿来,看到我生活这么好,有水有电,也赶紧买了房子,马上就会搬过来。我们那个村有150多户都搬来了。"

我和居马汗聊着天,他的白白净净的妻子古丽阿斯丽在饭馆进进出出地忙乎。古丽阿斯丽跟别人学会了做凉皮子,又给饭馆增加了一门生意。

有意思的是,居马汗和他的妻子签了合同。合同上规定,妻子每个月要挣1000元,丈夫每个月要挣1500元。压力还不小呢。

"这是我们的奋斗目标。我那时候没钱上不了学,现在我们要多多赚钱,让我们的孩子到好学校上学,接受好的教育,到上海北京甚至国外上大学,如果他们啥都不知道怎么发展?"

居马汗越说越来情绪,挥舞着手臂:"会花钱才会挣钱,我们以后要在城市里买房子住,我还想开一辆三四十万元的小车。"

"我的爸爸妈妈都不能给我这么好的房子,我心里真是感谢党和国家。国家给了我们这么好的条件,我们再不发展都不好意思!"

"我自己发展还不行,我还要帮助别人一起发展。我教别人怎么育肥牛,一天给牛喂多少草,多少料,一天几次,啥时候喂水,啥时候喂料,啥时候喂盐,啥时候要多给料。我给他们算账:1000元钱买来的一头牛,吃掉了三四百元的料,三个月后,卖了2500元,就可以纯挣700元钱。这样的话,我就又带动了七八个人都搞牛羊育肥。

"我一个人富裕了、发展了,没意思,我们牧民都应该发展,各民族团结起来一起发展,全中国就发展了。"

由"发展"迸发而来的激情让居马汗黑黑的眼睛发亮,他跟我说啊说啊,总像是有一股劲头直往外冒。那天刮着阴冷的风,我却感到心里热乎乎的,一个从山里来的牧民,不到两年时间,他的想法就这么多,眼光就这么远,令人欷歔。

一旁的徐萍萍说,社区已经准备将他列为后备干部,要重点培养。

告别的时候,居马汗站在他的崭新的院门前。这个想得多也做得多的青年,等待他的,是一个比草原更广大的天地,他可以凭借着自己的勤劳与聪慧,纵横驰骋,实现心中瑰丽的梦想。

二

巴海·柯孜尔,清瘦身材,皮肤白里透粉,已经让人无法把他与山里的风吹日晒的牧民联系起来。这位25岁的青年,是从200公里以外的窝依加依劳牧场搬来的。以前在山上就开流动商店,上山时带货物上去卖。现在,他在社区开的这个超市,品种有七八十种,货就有二三万元。他去年就挣了1.5万元,还有300只大羊、300只小羊和40头牛在山上呢。

巴海的父母1993年去世的时候留给他们哥仨60只羊、2头牛、2匹马,他们各自分得了一份。靠着吃苦与韧性,现在他的两个哥哥也发展到了500只羊、40头牛。

巴海不多言语,心里却很有主意,有条不紊地将他的超市开得有声有色。超市里从商品到日用百货,足以满足这里的牧民的基本需要。看来超市的生意很不错。我们在与巴海聊天的时候,一会儿有人要买冰棍,一会儿有人要买啤酒,巴海一直闲不下来。超市里虽然有烟有酒,巴海却从不沾。有人说,只要一喝酒,这个人就完了。巴海也这么认为,酒徒还能有什么心思去为一个店铺或者一群牛羊而劳神呢?巴海的心里装着的是如何把超市开得更大,如何挣更多的钱。

现在他有250只羊马上可以上市卖掉,就可以挣10万元,冬天配种后更多的羊就会繁殖出来,加起来一年收入可达十几万元。而他,其实加上放在山上的那些牲畜,已经是一个资产起码百万的富裕牧民。算着算着,我们和徐萍萍都张大了嘴巴:原来当一个牧民可以这么有钱的!

在我们路过努尔兰·加尼家的时候,第一眼就看到了一个硕大无比的容器,横放在那里,几乎占满了一个屋子。这让他家变得与众不同。

36岁的努尔兰低着头,不住地抽烟,当他与我们说话的时候,才会抬眼看看我们,笑起来的时候,大眼睛里闪着和善的光芒。

他好像还没有从祖祖辈辈延续下来的那种游牧生活的氛围里苏醒过来,他仿佛还骑着马晃晃悠悠地走在草原上,眼里心里的全部都是那座草原,那些羊群。他的小饭桌上,还摆着一碗牛奶,他的一个五六岁的孩子手里也拿着一个杯子,里边装的也是白白的牛奶,正一边眨巴着眼睛望望我们,一边喝一口牛奶,看上去,牛奶很香甜。是啊,走到哪里,对于一个牧民来说,喝牛奶都是他们必不可少的。

那个与众不同的容器,就是一个大大的奶罐。努尔兰现在的主要工作,是每天负责附近8户人家24头牛的挤奶和储奶,一天收160~170公斤牛奶,每隔三天海川公司就来收。早上7点挤一次奶,晚上7点的时候再挤一次奶。一个半小时可以挤完。然后,他就可以腾出时间去给别人打工挣钱。

努尔兰从恰合吉牧场搬过来,100多只羊还在山上,叔叔帮着管。他的那个人人都会羡慕的大院子已经种上了洋葱、土豆、胡萝卜、辣椒等蔬菜,一个圈笼里养了各种颜色的鸡。

以前学校离他家有70公里之遥,只有一辆班车,每天只发一次车。没办法,为了两个孩子上学,他就只能在塔城市租房子,出去打零工维持花销。现在,孩子10分钟就到学校了,他松了口气,生活中一块很重的心病没有了。

"现在钱也够花,我很满足。"努尔兰又抿着嘴笑起来,他的话发自内心。他是一个非常朴实本分的牧民,现在这样的生活,安定、舒适,已经让他觉得恍如梦中了。

62岁的伯山拜·艾力亚孜一开始说啥也想不通:我一辈子都在这里住,凭啥要下山?我骑着马青山绿水地转多好,羊放在山上吃草就行了,多省事儿。

所以当那些蓝顶屋盖好的时候,他说啥也不来。

可是,当那些红顶屋盖好的时候,他却赶紧搬来了。

为什么?就因为他没想到他的那些先搬走的邻居生活过得那么好,让他的心里也变得痒痒的。是啊,这么便宜的房子和一座那么大的院子,到哪里去找呀,而且还有水有电,有电视看,过着和城里人一样的生活,和他一比,一个天上一个地上嘛。

伯山拜搬进社区,日子已经不是像在山上那样,只是放羊。200只羊在山里儿子管,他自己承包了一口井,给10户种植苜蓿的住户的地浇水,还出租房屋,开食堂,忙得不亦乐乎。

现在,他感觉自己有了资本,因为面对的是比山上更精彩的世界。他觉得自己的学识也陡然增多,天天可以看电视,看新疆,看内地,看世界,眼前的天地变得很大很大。他回山上的时候,就感觉有一种光环罩在自己的头上,他背着手走着,跟大学生回村一样很荣耀,和乡亲们闲聊,更是有了新鲜的谈资,赢得许多艳羡的目光。

日子变得不再单调了,收入也从不同的渠道源源不断地涌来。伯山拜觉得,自己从一个山里的几乎与世隔绝的牧民,开始转变成融入现代文明的一个社区居民了,多年来住在石头房子里落下的腰腿疼的毛病也好了很多,一天可以按时按点地吃上三顿饭,身子骨硬朗了许多。

2007年3月23日,这个日子,沙黑木拉提·艾文记得格外清楚。这个日子是他一家从托里县窝依加依劳牧场搬来的日子。他也是这个牧民定居点上第一户搬来的人家。

48岁的沙黑木拉提·艾文,粗黑的皮肤以及粗壮的身板,还是让人一下就联想到他多年来的马背生活。他是沉默的,他的37岁的媳妇努尔古丽·乌斯台木,却截然不同,一说话就笑,开朗的性格使她很容易和每个人一见如故。

那时候他们住着石头房子,点着太阳能灯,每天赶着羊去寻找草长得好一些的草场,卖掉的羊顶多挣个七八千元。

"天天跟在三四个羊后面跑,啥也不知道,还挣不了多少钱。如果不搬到这里来,我们哪有这么好的生活?"一提起山里的生活,努尔古丽的话就像豆子一样滚落。

"我们那个时候看病得骑马到托里县,2个小时才能到,孩子上学太远了,没办法只好住在裕民县的母亲家。出去买个东西都很难。"

"没来的时候听别人说这里不好,麦子种了都长不出来,当我们来了一看根本不是这样。"

"现在我们住着这么大这么亮的房子,院子里可以种菜种葡萄养羊,我们学会了开拖拉机。我们今年的收入加起来有5万元了。"

"我们还给儿子也买了一套房子,弟弟看到这里好,也准备搬来了。"

"冬天的时候,有几个人在山里买了30只羊的毛,只挣了50元钱,他们羡慕我们搬到这里来一天就能挣一百元钱。在山里冬天就是啥收入都没了。

"我们的社区很温暖,谁家生活不好,都给发米、发面、发清油,给钱看病。山里的人不会浇水,社区就教我们。"

努尔古丽是6区的妇女委员,她除了自己带头开食堂,做绣品,还负责动员6区的妇女出去打工、绣花,她还要管理6区的计划生育、思想教育等等工作。

他们家里,新买了冰柜,两个摩托车,还有电视机、电话。

"在山上那时候我们卖羊羔、挤牛奶、就只够吃喝,现在搬来了,2007年一年挣2万元,去年挣了2.7万元,今年开食堂,老公卖牛宰牛,做风干牛肉,全部收入可以到3万多元,今年的苜蓿卖掉后还可以挣9000元。"努尔古丽笑着,笑声清脆悦耳。

"我要把房子搞得华丽漂亮,院子里修个花坛,都种上花,种上葡萄,门口还要修个小桥。我打算不走了!"

"生活啊我爱你,内心里不由自主爱着你。"

努尔古丽情不自禁地哼起一首歌来。

三

其实在这里,牧民定居点搞过两次。但是牧民搬来了,没过多久又搬走了,为什么呢?

关键的原因在于,生活还是不方便。那时候,虽然给牧民盖了房子,可是,还是跟在山上一样,没水没电,没医院没学校。

现在不一样了,牧民抢着来,就是因为老人看病、孩子上学,都非常方便,学校、医院、兽医站等等应有尽有。

一种分散经营、集中管理、企业带动、社区引领的模式已经让这里改变了模样。

以前住在山上,抬眼望不到人烟,牧民各过各的穷日子。现在一家一户,谁家过得好,看得清清楚楚,别人过得好了,自己也不能只顾喝酒啊,上进心就有了。

定居以后,牧民的经济意识、法制观念、文化活动等等都发生了改变。

"这个位置,以往就是冬季牧场向夏季牧场转场的要道,现在病弱的牛羊就可以留在这里育肥。牧民定居的最终目标是要把富裕劳动力转移到二、三产业,延长产业链,拓宽牧民的挣钱门路。"齐巴尔吉迭社区党委书记刘河告诉我。

哈萨克族妇女的双手是灵巧的,摆放在妇女手工艺品协会的大厅里的一幅幅手工绣品,千针万线,色彩细致,绣出来的图形和画出来的一样逼真,老虎、狼、鹰、马头等等,着实令人喜爱。

社区妇女手工艺品协会2008年11月成立,现在已经有100多名会员。培训班的老师努尔加那提负责教这些学员。这个协会就是要组织那些从牧场解放出来的妇女们,教给她们挣钱的手艺。这里的会员可以免费得到半成品,拿回去绣好,再把这些绣好的作品交到协会,按照画面的尺寸领到150~600元手工费,这些集中起来的绣品由协会负责销售。她们还到哈萨克斯坦举办展销,并了解那里的人们喜欢什么样的绣品,然后根据市场销路来选择图案,一个星期左右就可以绣好。妇女们可以一边照顾家庭、孩子,一边制作绣品。这个协会在口岸开了手工艺品商店,生意还不错。

制作绣品是哈萨克妇女的特长。社区就是发挥她们的这一优势,不停地举办培训班,一期培训班有四五十人。最终把全社区的妇女都动员起来,增加她们的额外收入。

社区还动员妇女经营商店、食堂,加工酸奶、奶酪等传统食品,加工手工艺品等,让定居牧民收入多元化。

此外,社区鼓励居民进行家禽养殖,与相关企业签订单进行销售。人手腾出来了,富裕劳动力就可以转移到二、三产业上去,产业链在延伸。

哈萨克族牧民的观念正在发生改变。他们明白了全球变暖、气候干旱,已经严重威胁到草原的生态环境;牧民下山,自己种草,牛羊圈养,就是要让已经退化的草原休养生息,防止沙化,使其恢复生机。当生态环境变好了,天空更蓝了,草更多了,牛羊才能更肥,日子才能更甜美。

以前为什么牧民一上60岁就一身病呢?社区党委书记刘河最深的感受是,以前牧民住在冬牧场的石头房子,很潮湿,居住环境差,就会影响健康;吃喝不规律,文化生活单一,也会影响健康。所以,牧民定居是生活方式的一场革命,几十年以后,他们的下一代的健康会有一个根本的改观。

牧民定居,也是生产方式的一场革命。以前是卖了淘汰羊换米面吃,现在则要牛羊育肥;过去是骑马放牧,为了一群羊一家人都在山上,现在牛羊圈养后,集中放牧代替分散放牧,牛羊冬天住进了暖圈,吃上了人工种植的饲草料,良种牛代替了土种牛,按照"市场—龙头—基地—牧户"的模式,向着现代化的畜牧业转型。一座大型的活畜交易市场即将开始运行,到那时,牧民的牛羊就可以卖个好价钱了。

齐巴尔吉迭社区正在成为饲草料、奶源和肉品加工三大原料生产基地。统一供种、统一种植、分户经营、集中管理,牧民当年种植饲草,当年就可以收获卖钱。社区一手扶持养殖户,一手培育龙头企业,由企业带动扶持每户定居牧民至少养殖优质高产奶牛5头,优质绵羊100只,最终实现万头优质奶牛、10万只优质绵羊生产基地和万吨商品奶生产基地的目标。

"苜蓿的海洋,包尔萨克的家乡,手抓肉的福窝,牧民的天堂。"这是定居在这里的牧民们对于这座牧民新村的深情礼赞。

我们临走时,徐萍萍一甩长发,指着前方那一大片的土地,满怀激情地为我们描画一幅美景:当水库修好,灌溉一通,这里就更美了,草滩更广袤,树木更茂密,牛羊更肥壮,这里就是牧民的天堂。

这一天,已是指日可待。

新疆务工姑娘的绚丽人生

在偏远的新疆疏附县农村,有一位年轻姑娘的名字家喻户晓。她就是获得过天津市"五一"劳动奖章的新疆务工姑娘阿斯木古丽·阿卜杜克热木。20岁的阿斯木古丽,用自己的勤奋与执著,书写出绚丽的人生篇章。

志存高远

阿斯木古丽·阿卜杜克热木是一位外表文静但内心执著的女孩。2006年,17岁的阿斯木古丽以优异的成绩高中毕业,原本怀有上大学梦想的她却由于家境贫困而不得不回家务农。在疏附县乌帕尔乡一个偏僻的村庄,年迈的父母拖着多病的身躯,守着几亩薄田辛苦操劳,一年的收入不到8000元,除了维持一家六口人生活,还要供养他们四兄妹读书。看到这些,她心里很不是滋味,开始思考自己的未来:难道要和其他农村姑娘一样务农、嫁人、生孩子,靠种地吃饭过一辈子吗?内心倔犟的阿斯木古丽不甘心就这样把自己的一生束缚在有限的土地上。

就在她极度苦闷和彷徨的时候,传来了一个消息,县里正在组织大批初高中毕业的农村女青年到天津务工。一个重大的决定在阿斯木古丽心里萌生了,她周身热血涌动,急忙跑去报名,没想到却遭到父母的坚决反对。在父母的传统观念里,维吾尔族女孩子是不能抛头露面到外面去打工的,阿斯木古丽当然也不能例外。经过乡领导多次上门动员,做思想工作,她父母最终同意了。

面对来之不易的机遇,阿斯木古丽暗下决心,一定要学到真本事来证明自己。满怀着对外面世界的憧憬,阿斯木古丽走出乡村,踏上了东去的列车,来到了现代化的滨海城市天津务工。

勇闯难关

像许多进城的农民工一样,一开始,阿斯木古丽也碰到许多意想不到的困难。

第一次走出家门、离开父母,面对一个新奇而陌生的世界,难免会有巨大的心理落差:想家,生活不习惯,工作上有那么多不懂的东西要学……夜深人静之时,宿舍里一个女孩子动了思乡之情,忍不住哭了,整个宿舍的人都哭成一片。阿斯木古丽也想家,可她强忍住眼泪,对姐妹们说:"我们来自疏附,来自农村,不能被困难吓倒,不能给家乡的亲人丢脸。"

摆在她们面前的是三大难关:语言关,生活关,技术关。面对这些从未遇见过的困难,阿斯木古丽没有退缩,她心里只有一个念头:只要不怕吃苦,就一定能闯过难关。她深知要干出成绩,必须掌握过硬的技术,才不会被激烈的市场竞争所淘汰。

要想学技术,必须先攻克语言关。她立即着手从最基础的日常用语学起,一有空就参加公司的汉语培训班,并找带队老师苦练汉语对话。到了晚上,公寓楼的灯都熄了,她还拿着手电筒一遍又一遍地看书学汉语。工夫不负有心人。一个月后,她已经能用汉语和班组组长进行基础对话了,技能测验中她的成绩也总是最好的。她的进步使工友们很吃惊。阿斯木古丽的信心更足了,她非常珍惜自己的岗位,脏活累活总是抢着干。她一边学习汉语一边学习操作技术,很快就从同来的260余名维吾尔族姐妹们中脱颖而出。

看到一起来的姐妹因为汉语不过关,在工作、学习中很吃力,她自觉做起了义务辅导员,主动帮助她们学汉语,使同去的姐妹们的汉语会话水平也有了很大的提高。她还积极主动配合公司管理人员开展各项工作。生活中,她待人诚恳、乐于助人。同来的姐妹们家里的情况她都了如指掌,尤其是来自贫困家庭的女孩,她总是无微不至地关照。谁想家闹情绪了,谁病了没有上班,她总是想办法关心帮助她们,经常鼓励她们:"我们都来自农村,家乡的条件比这里差远了,我们来的目的就是多学习技术,多挣钱,所以不能怕吃苦;我们是一个团体,一个人也不能少。"

阿斯木古丽迅速成为新疆务工姑娘中的"领头羊"。经过几个月的刻苦努力,她高标准地掌握了公司的脱膜包装业务,先后被破格提拔为烘箱员、品质检验员、班组长。公司副总经理王洪明感慨地说:"这里的职工当组长至少需要两年的时间,阿斯木古丽是2007年1月来的新工,成长为一名车间组长,却仅用了4个月的时间,她成功的奥秘就是勤奋。"

家乡的父母听说女儿在外地干得这么出色,非常自豪。两年时间里,她已给家里寄去了约两万元钱,这些钱买了拖拉机、洗衣机、冰箱、电视机,用做弟弟妹妹的学费。两个妹妹看到姐姐干得这么好,也想外出务工。

当了生产部脱膜包装组组长的她,认真带领全组24名员工苦练技术。不到一年的时间,这一支生力军就让公司刮目相看,大多数员工成为公司的操作能手。同样的任务,E组在所有班组中总是勇夺第一,提前完成任务。2007年度,她所带领的生产部E组被滨海新区工会评为"学习型班组"。她本人也被评为"建功立业"活动优秀建设者。公司作为奖励,让E组24名员工参加了公司举办的"优秀员工北京一日游"活动。当一朵朵鲜红的大红花戴在姑娘们的胸前时,一张张笑脸掩饰不住内心的喜悦,这些务工姑娘从心底里感谢她们的好组长——阿斯木古丽。

公司对以阿斯木古丽为代表的新疆务工姑娘给予了高度评价,公司能实现1.2亿元的销售收入,和新疆员工的努力是分不开的。

敢于担当

见过阿斯木古丽的人,都会感受到她身上的一股青春的朝气与活力。她虽然只是一个打工妹,但也时时把社会责任放在心上。

汶川地震发生后,阿斯木古丽从电视上看到灾区的灾情,忍不住哭了,主动捐出200元钱,还倡导姐妹们也献出一片爱心。她说,父亲曾告诉她,家乡乌帕尔乡也发生过地震,是得到全国的亲人捐助才重建了家园,才有了今天的生活。为丰富姐妹们的业余文化生活,增强团队凝聚力,阿斯木古丽和260余名工友加入了工会,在天津添了一个"家"。她牵头组织演讲、拔河、联谊会等活动。每次举办文体活动,她总是别出心裁搞些创意,经她编排的舞蹈,在公司的联欢会上总能赢得最热烈的掌声。

从普通的农村务工姑娘到天津市劳模,阿斯木古丽的事迹在家乡反响强烈。她时刻不忘回报家乡父老,回报社会,带领家乡兄弟姐妹共同致富。她经常给家里打电话,介绍在天津的见闻。她还告诉家乡的亲人,要到外面见世面,多学技术,只有凭真本领、硬功夫才能得到更多的回报。在她的影响和带动下,她的家乡乌帕尔乡有1000余人到内地务工。

突出的表现为她赢得了各种荣誉。2008年5月,她被评为天津市劳动模范,同时还被评为"天津市开发区、保税区优秀建设者"。2008年11月,她被评为"全国优秀农民工"。2009年5月,自治区授予她"五四"青年奖章。2009年6月,她被评为第二届"感动新疆十大人物"。

"要做就做最好的农民工。"为了这个目标,阿斯木古丽一直在努力。她成为当地乃至自治区农村劳动力转移大军的一面鲜艳的旗帜。

库车老人吾斯曼的创业经历

在库车巴扎里,穿越那些明晃晃的金店以及摆满各种衣服鞋帽的店铺,在一家挂着红黄相间艾德莱斯图案门帘的店铺前停下,撩起门帘,82岁的吾斯曼·夏瓦孜就在店里,正在打理生意。别看他年过八十,身子骨还很硬朗,头脑清楚,说话流利,懂汉语。想当年,他到处走南闯北,早在二十世纪八、九十年代就跑到上海那样的大都市去做生意了。谈起库车县的变化,他的感慨是深切的。

这位比我们提前踏进时间的河流,曾经置身于那段已被翻过去的时代里的老人,就在我们的请求下,又一次体味那些涌流在他血液里的生活阅历。

"1939年,我在县立学校上学,1982年从县百货公司退休。"他一开场,就这么简单干脆地总结了自己的一生,"那时候,我们在县立学校上学有300多人,都是男生。我们学语文语法、数学、社会科学、政治学。"

"1947年,县立学校要搬走了,这是县里唯一的学校,而我们是1948年毕业的,学校准备把我们送到阿克苏师范学校继续读书。可是,我的一个亲戚怕我被送去当兵,就作出了一个决定,把我送到焉耆县去了,其余的学生都到阿克苏师范学校继续读书,毕业后有的当干部,有的当老师,有的在党校工作,有的在出版社工作,我的一个叫努尔敦的同学当上了解放军营长。"他说着,依然不无羡慕,也对当年提早离开学校有些懊悔。

"我出生3个月的时候,随母亲来到库车居住生活,3岁时父亲去世,我那时候对学习不感兴趣,贪玩,喜欢敲鼓。"老人说着,面露遗憾的表情,"父亲早逝,我要承担家里的生活重担,1949年到1953年我在焉耆卖土布,做生意,补贴家用,1953年到1955年,我两次去上海做生意、卖百货,两年后回到家乡,卖土布和染料,1956年我把所有的钱投到公私合营百货公司。1958年我从老城搬到了新城,1960年新城成立百货公司,我去当售货员,1983年我去苏州、杭州、上海、北京做生意,一年要去四五趟,我都跑了28年。"

"我8岁的时候,一大早先去批发麻糖,然后去女子学校卖完后,再去县立学校上学。如果没有卖完麻糖,下课后就再去女子学校卖完再回家。还去面粉加工店拿麦子去卖,并且周五赶巴扎去卖火柴、针。我上边有两个姐姐,父亲早逝,家里很苦,我就一边上学一边做买卖,慢慢发展起来。

"以前卖火柴麻糖的人,现在在好几个地方都有了自己的店铺,家里也更加漂亮。"说到这里,老人捋捋胡子,不禁有些自豪。现在他有一个漂亮的房子,院子里种着无花果、葡萄树。家里布置得漂亮而华丽。

"以前,我家牛马都没有,毛驴车也没有,走路上学,做生意也是靠一双脚东跑西颠,现在家里有好几辆私家车了。"

回忆当年,他的感受是深刻的。"现在六七百元坐飞机几个小时就到上海了。以前不行,太麻烦了!我去上海做生意,先坐卡车花了8天时间才到吐鲁番,待十几天,等着托运的货到了,再到兰州,继续等,有时候人先到,有时候货先到,都得等,最后花费8个月的时间,才到上海。15天到20天安排一个车排队等着装货,一般等三四个月才轮到。"从库车到上海,竟然如此漫长而艰辛,现在的我们听了,像是传奇,令人瞠目。

"我家里是做手工的手艺人,所以曾经戴了资本家的帽子,我有十个娃娃,我的十个娃娃就都是资本家的娃娃。"回忆那已经远去的当年,老人的眼睛里闪着一丝狡黠:"现在我的一个娃娃当了国家干部,五个女儿四个儿子都在做生意。"

"现在库车的变化太大了,国家的变化太大了,现在我们卖货的种类也由少变多,以前从库车到焉吉坐马车12天才能到,现在坐汽车四个小时就到了,所以做生意越来越方便了!"老人喜悦地说。

从这位库车老人的创业经历中,我们看到创业的艰辛,其实在什么时候都有,只是随着时代的进步,创业的条件越来越充足,从新疆的某个地方去内地乃至去世界各地,都变得越来越便捷。

吾斯曼老人已经创下一片基业,他已经有好几个店铺,他的儿女们可以顺理成章地跟着他一起干,给大树浇水,也让大树庇荫自己。

开出万亩绿地造福乡村百姓

这里是策勒县策勒镇。有谁能够想到,在这里,一片沙丘连绵的亘古荒原,会有一天,成为绿树摇曳的万亩农田?这恍如梦境的奇迹,就在眼前发生了!

当地群众亲眼目睹了那些荒凉的沙丘是如何一步步被平掉,一点点地被绿树覆盖……

站在这里,放眼望去,120多万棵杨树随风摇曳,昔日的荒凉地带,如今生机勃勃。这些令人眼前一亮的变化,在策勒县整个防沙治沙的进程中,成为一道美丽风景。

这件大事的引领者和实施者,是策勒县策勒镇党委书记王振利。

策勒镇,人多地少,人均1.15亩地,有的村人均仅6分地。农民收入很低,村集体经济难以发展。如何壮大集体经济,提高基层党支部的威信,提高村民的生活水平呢?作为该镇党委书记,王振利想,能不能向沙漠要绿地?这一规划方案得到策勒县委的支持。去平掉那一个个沙丘,谈何容易!一些人想不通,怕吃苦,王振利却并没有被困难吓倒。他耐心做好干部党员的动员工作,让他们认识到要想改变贫困面貌,提高农民收入,就必须要有艰苦创业的精神。最终,全镇3800多户村民,每户都有一至两人加入到防风治沙造林的火热劳动中。

记者曾经先后两次踏上这片土地。2012年11月,记者在这里看到的是推土机的身影,大片的沙丘就这样被平掉。王振利穿着落满沙土的棉大衣,面色黝黑,手里不是拿着一把锹,就是拿着一把剪刀,挖坑栽树,修剪果树,忙忙碌碌。那种辛苦与操劳,岂是手上打几个泡、吃不好睡不好、一天下来腰酸背疼所能够形容的呢?但是,当这里的面貌一天天地在改变,全镇的奋斗目标一步步地在实现,就是王振利最大的欣慰。

在全镇党员干部和村民的努力下,滚滚沙丘愣是改变了模样。2015年2月28日,记者了解到,这里已有9800亩沙漠全部铺上了滴灌,种上了杨树、枣树,红枣精品园初具规模。王振利给记者掐指计算:"今年,还要种70万棵树!这些绿地,全都归集体经济组织。"

"有了钱,一个村委会给百姓什么事儿办不成呢?基层党组织的战斗堡垒作用将会大大提高!"

在这些新绿洲地带,已是炊烟袅袅、牛羊欢叫,一些村民已经开始安家,谋划新的未来。现在,全镇10个村集体都有地了。不断变浓的绿荫正在改善着这片家园的生态环境,也增加了百姓的耕地,让百姓收益提高。

在地里,镇干部买吐尔逊·苏来曼正在种树,非常认真,王振利则蹲下身子,用手将树苗周围的土弄结实。买吐尔逊说:"我们这是在为农民干活,能够让农民早一点富起来,所以心里也高兴。中午带饭,一直干到下午。我已经学会种小麦、玉米、西红柿了。"

"刚开始一些人也有意见:我们又不是农民。后来看到王振利等镇领导带头干,他们的积极性也变得很高。"买吐尔逊告诉记者。

王振利说:"种紫红薯苗是给农民起到示范作用,教农民学会种菜以后,就可以不靠外边引进蔬菜了。"

王振利拿着剪刀麻利地给果树剪枝,他说:"为百姓办事不能只是嘴上说说。我们每个干部手里都有一把剪刀、一把锯子,只要是农民需要的我们都要学,包括养老、医保等知识。"

镇人大主任托乎提·肉孜买提一边干活一边对记者说着自己的感悟:"好多干部没见过紫红薯什么样子,干部天天坐办公室打电脑是不行的,脑子里要想怎么提高农民的收入,干部业余时间为农民帮忙,减轻农民负担,同时也是一种很好的劳动锻炼,可以掌握农业技术,了解特色种植技术的发展,跟农民的感情也更深了。这几年,王振利书记带头,我们一直在平地、种地,春节都没有休息过。我们镇2020年要达到人均1万元收入。"

王振利手上磨出了几个泡,他乐呵呵地说:"我来教这些干部党员种紫红薯、山药,然后他们再教给农民。"

托乎提欣喜地对记者说:"去年这里还是荒地,到处是沙丘,现在都是绿色的树苗,空气都变得不像以前那么干燥,风沙也小了。"

作为镇党委书记,王振利一手抓防风治沙造林,增加农民收入,一手也在抓好以现代文化为引领的工作,丰富百姓精神生活,给村民演出自编自导的以去极端化为内容的小品相声,经常性地举办民间歌舞等文艺表演以及各种文体活动。目前全镇村村都有丰富的文化活动,5个村都达到了现代文化示范村水平。

37岁的王振利还有更多的事情要去干:以农民增收为核心,继续实施高效节水3500亩"防沙治沙绿色生态工程",其中生态林建设1500亩,插穗育苗500亩,防护林300亩,其他作物种植1200亩。大力推进特色种植3000亩以上,其中计划种植山药1000亩……

只要有时间,王振利就往地里跑,现场指挥,查看进度,干干农活,和村民们唠唠家常,这都是他的分内工作,也是他为之奋斗的伟大事业。他觉得,能够踏踏实实地为百姓干点实事,精神上更充实,人生更有色彩。

吐洪江:在多彩的土壤里培植多彩的梦想

吐洪江,是在"中国好声音"的舞台上声名鹊起的,他演唱的《绒花》,惊艳评委,让全国许多观众记住了这位来自新疆的小伙子:青春,阳光,帅气,嗓音带着磁性,情感丰沛。他的音乐生涯也就此揭开崭新的一页。

吐洪江深情款款地说,是新疆这片多彩的土地养育了他,给予了他多民族多元文化的丰富营养,才使得他能够有资本去追逐心中的音乐梦想。

29岁的吐洪江,从小就有音乐天赋,七八岁就可以把哥哥帮他做的架子鼓敲得有模有样,接着学会了弹吉他,从初中到高中迷上唱歌。大学里虽然学的是计算机专业,但他组建的大学生乐队在校园内外小有名气。

随着懵懂少年成长为英姿勃发的青年,他心中对音乐的梦想,也变得越来越清晰。这位来自库尔勒的学子,大学毕业后毅然选择了留在乌鲁木齐,去酒吧唱歌。

绽放的梅花必经冰雪寒霜之历练。那段日子,吐洪江的生活就是白天刻苦练琴做功课,晚上去酒吧认认真真唱歌。

迈向梦想的第一步,很累很苦,但是他不怕。去酒吧唱歌,只有30元薪酬。每次,他要花一元钱坐车去酒吧,演出完毕,已是夜里,再花十几元打出租车回来,加上每天十几元饭钱,以及租房子的费用,手头很拮据。他一直咬牙坚持。渐渐地,经过一番打拼,邀请他唱歌的地方多了起来,他开始两三个场子跑,最多的时候,他要跑八个场子。如何应对这么多的活儿?吐洪江的毅力是惊人的。他往往为了赶一个场子,横穿马路、翻栏杆的事情都干过,跑得气喘吁吁,常常是跑进酒吧的时候主持人正在报他的名字,他擦一把汗,就上台,运运气,平静一下怦怦跳的心,然后开始唱。每天如此,收入开始多起来,他为没让家人失望而感到欣慰。他是这么看待这种忙碌的:"你有用,人家需要你,才会忙,才会累,所以我不觉得苦,而只有这样才能进步。"

他的理想之花,也在新疆多姿多彩的音乐养分里拔节、吐穗。

从2006年至今,他获得的殊荣一个接一个,包括新疆乌鲁木齐人民广播电台歌手比赛优秀歌手奖,第三届全国"新人、新词、新曲"总决赛原创音乐"优秀奖","和田玉石先生"形象大使选拔赛冠军,新疆冬季博览会形象代言人等。2014年7月,他过关斩将,凭着自己的实力,荣登"中国好声音"第三季学员。

他创作的歌曲《一月的乌鲁木齐》荣获全疆流行音乐"金曲奖",歌曲《邻居》获"优秀网络作品"奖,都已成为人们耳边熟悉的旋律。

在前不久举办的丝路庭州音乐节上,他为自己确定的曲目用心良苦:民谣《短信家书》、俄罗斯民歌《沙枣花》、中国风的《卷珠帘》,以及图瓦人草原风格的《孔古瑞》。

"四种音乐风格,在我这里都是没有界限的,都是精神食粮。"他郑重其事地说,"只要我喜欢,无论哪种风格我都去学习、借鉴。"吐洪江是一位颇有见地的青年。

他的良苦用心,也体现了他学习与创作的着力点。

"我小时候就什么歌儿都听,每个音乐人都有自己的风格,而我想有更多的音乐风格的滋养,因为音乐没有界限。"

他感叹着:"新疆音乐识别度很强,各民族聚集,资源丰富,我一辈子也学不完,我们世世代代也吸收不尽,生活在新疆很幸福,尤其是音乐人。"

他说:"做音乐,关键要有一双发现的眼睛,我眼里以前只是摇滚乐。现在,楚尔、热瓦甫、冬不拉等各民族的音乐及乐器我都在慢慢学习、了解,以便融入我的创作中。"

他始终有意识地扎根于多民族音乐元素里,欣赏,学习,接纳,融合,丰富自己的心灵底蕴。

听,他在唱《卷珠帘》,他的歌喉婉转曼妙地传达出一种柔美意境,倾倒无数听众。正是这首歌,让他在"中国好声音"的舞台大放光彩。

《卷珠帘》,是吐洪江起初听到就特别喜欢的歌曲,他暗暗下决心要唱好这首歌,以此作为目标,让自己的唱功再上新台阶。这首歌难度相当大,迂回曲折的旋律,真假声的转换……但这些都难不倒吐洪江,凭借着满腔热情,他一句句抠,一句句学,等到彻底攻克了《卷珠帘》,驾驭了它,吐洪江太有成就感了,他从此感觉自己的歌唱水平进步了一大截。而连续几天作战,他的嗓子都哑了。

我们在他的音乐追求中,看到了一种高起点,一番大境界。

功到自然成。对于音乐的执著追求,也开始让吐洪江尝到收获的喜悦。现在,他忙着在新疆和内地演出,忙着学习和创作……他认为,搞音乐的人要多出去走走看看,体验不同地方的风物,对艺术创作会有帮助。

他最近又在民间挖掘、寻找音乐和民歌并改编创作。他说:"我的创作都在吸取各民族文化元素,我认为承认和吸收别的民族的优点,发自内心去赞美,才是不狭隘。我要把这些各民族的精华学过来,膜拜它,成为自己创作的源泉。"

吐洪江已创作20首歌曲,涵盖摇滚、民谣、布鲁斯、蓝调、雷鬼等各种风格,计划春节出一张自己的音乐专辑。

梦想就在眼前,吐洪江非常珍惜,为了保护嗓子,他生活自律,不抽烟不喝酒。

"我要不断追求新目标!"他告诉记者,"我不甘平庸,我总是去找有意义的事情做,我要把吉他弹奏水平再提高一些,要把歌儿唱得更好一些,要不断创作新作品。"

不久前,吐洪江的音乐生涯又传来佳音:他因出色表现荣获2014年新疆原创音乐榜年度最佳歌手奖,他演唱的《一月的乌鲁木齐》获得2014年新疆原创音乐榜年度十佳金曲。

吐洪江,一直在努力,他的光彩,来自他一步步坚实的跋涉。

在新疆多彩的土壤里,吐洪江正用自己的行动去实现他多彩的音乐梦想。

观念转变改写新疆姑娘人生走向

"以前我们在家乡看星星看月亮,现在我们在内地看发展看变化。"一位在内地务工的新疆姑娘的告白,形象地反映出一种观念的巨变。

一批批赴内地务工的新疆姑娘从偏远的田间,走向现代化的工厂,眼界的开阔,天地的改变,经济地位的提高,都对她们的精神世界产生从未有过的冲击,也由此改写了新疆姑娘的人生走向。

"我要开服装厂"

18岁的阿热孜古丽·阿布拉拿到第一个月的工资1900元钱的时候,一时间恍若在梦中。那天正刮着大风,她揣着这厚厚的一叠钱,往宿舍走,风强劲地吹在她脸上,她的心里波涛起伏。走到门口,她再也忍不住了,就站在门口,哭了起来,是喜极而泣,因为她从来没有想到过自己能挣这么多钱。

她拨通了新疆伽师县家里的电话:"妈妈,我今天拿到工资了,是1900元。"妈妈没听清,高兴地说:"你拿了900元,这么多啊!"然后爸爸接电话说:"妈妈说你拿了900元钱,太好了!"她哭了,说是1900元钱。父母听了激动不已:女儿一个月的收入是他们全家人忙碌大半年才能挣到的。

在北京鸿嘉服装服饰有限公司制衣车间,记者看到,阿热孜古丽耳朵上戴着绿色的耳环,年轻的脸庞焕发着青春的光彩。

自己挣钱了,眼界开阔了,阿热孜古丽心里的想法也绚丽多彩了。谈到今后的打算,她微笑着说:"我要多干几年,回去开服装厂。"记者问她为什么要开服装厂。她胸有成竹地说:"因为我干的就是这一行,熟悉,所以有把握。"

在这里,17岁的阿金尼沙·艾里也已经给家里寄去5000元,她想把她的妹妹也带来务工。她的梦想很朴素,也很感人:"我想多挣钱,回去开个双语幼儿园,把村里的娃娃管起来,其他女人就可以到外地打工挣钱了。"

"回去的孩子都想回来继续干"

4月26日,在雅戈尔日中纺织印染有限公司工作的新疆姑娘们坐上火车回家探亲,厂里给她们放了一个月的假,并报销她们来回的路费。临走时,她们依依不舍,都哭了。

在北京鸿嘉服装服饰有限公司,常务副总经理徐文友告诉记者,"不久前合同期满回去的30多个人,现在都想回来。"

在天津科尔纺织品有限公司,家在疏附县的托合提古丽·艾海提,17岁,2007年2月21日来天津。

她的故事非常有意思。她从不愿意出来务工到回去后又自己主动回来的变化过程,令人感慨。

谈及自己为什么回去又回来的原因,她有些不好意思地笑了:"刚开始家里不愿意我出来打工,亲戚也认为女孩子到了一定年龄不能在外边游荡,我也不想来。村干部给我们做思想工作,说一年后政府会安全把我们送回来,还能学技术,多挣钱,我就来了。我刚来厂子的时候,也不适应,后来才感到不是想象的那么艰苦，现在气候和生活都适应了，工作也很满意，我很感激政府送我们出来务工。我有一个弟弟和一个妹妹，我寄回去的钱供他们上学，家里也开始支持我在内地打工。"

她接着说："一年合同期满了，我回家了，回到家里却一点也不适应了。在厂里工作的时候早上吃点东西就上班，很充实，在家里，干点家务就没事干了，没意思，我觉得还不如在厂里打工，可以挣钱，而且对工厂和师傅都有了感情，今年3月我就又回来了，我还想继续在这里干下去。"

"我已经给家里寄了7000元钱。"精干的托合提古丽十分自豪地告诉记者。她有个愿望就是钱挣够了去上大学，以前她没能上大学就是因为家里经济条件不好，现在有钱了，她要实现自己的梦想。

美丽的20岁的姑娘沙依甫加玛丽·麦吐迪，在海宁天通控股股份有限公司务工，也给记者留下了深刻印象，她总是说："你们不要忘记我们，我见到你们就像见到我家里的亲人一样。"她是2006年9月从于田县来的，合同期满后又回来继续干，她的最高工资可以拿到1800元，已经给家里寄回1万多元，给姐姐结婚用，也解决了家里的经济困难，她的银行卡里还存有5000元。她告诉记者："我喜欢这个城市，要是我家在这里，我愿意在这里干一辈子。"

"我回去后要为新疆的发展作贡献"

"我不想这么早结婚。"在北京鸿嘉服装服饰有限公司，18岁的热孜丸古丽·库尔班告诉记者，她是家里的老小，她有三个姐姐已结婚，父母也想让她回家结婚。她说："我们那里初中毕业一般在家里待不了多久就结婚生孩子了，但我想出去打工挣钱,开阔眼界,这里条件也比家里好。我打算再干一两年,回去后开服装店,换一种方式生活。"

24岁的吐克孜·居麦,也是一位令人敬佩的女子,她离婚以后,决定到天津务工。她父亲不同意,她却坚决要去。

"我觉得我很能干,不靠别人我也能过得很好!"看似瘦小的吐克孜说起话来掷地有声。她在天津科尔纺织品有限公司务工已经2年了,已经给家里寄去了16000元。她还告诉记者,不久前,她的父亲跟随新一批务工人员专程赶来看望她,父亲看到她生活和工作的地方条件这么好,终于放心了。谈到以后的打算,吐克孜说:"回家乡后,我想开个超市。"

4月4日,在宁波双源纺织发展有限公司,已担任细纱车间班长的热汗古丽·依米尔,用一口流利的汉语告诉记者,她现在管理200多人,其中70%是汉族,30%是维吾尔族、柯尔克孜族。

她是2007年5月来的,从不愿来内地务工的犟姑娘成长为一名工作踏实、手脚利索的生产骨干,半年以后就当上了班长,被评为阿克陶县先进个人。

有些姐妹想家哭鼻子,热汗古丽就劝道:"想家干吗?回去后还要靠父母,不如在这里多干活多挣钱,这样才是帮助父母。"

她自豪地向记者宣称:"我们会挣钱了,可以减轻父母的负担,而且还学会了技术,可以带回家乡继续为新疆的发展作贡献。"

从这些生动的事例中,我们看到,远赴内地务工的新疆姑娘们,在紧张而充实的劳动中更贴近时代的脉搏,为精心描画自己的美好明天树立了更高、更远的航标。

《出彩新疆人》刘亮程：
他的梦想在村庄里起飞和落脚

最近拨打手机，刘亮程的名字随着彩铃一遍遍地响起，他已被当做是一座城市的名片。

去年金秋，最具影响力的鲁迅文学奖揭晓，他的散文著作《在新疆》获殊荣，为新疆文学界增光添彩。《在新疆》获鲁迅文学奖由此也进一步放大了新疆的知名度。经由这部获奖作品，人们可以更加立体地认知新疆所蕴含的人文意义。

刘亮程十年前就因《一个人的村庄》声名鹊起，那个黄沙梁村因此而被人们记住。

近一两年他又在一个名叫菜籽沟的村庄里培植梦想。

刘亮程，他的梦想在一个村庄里起飞，在另一个村庄里落脚。

从"一个人的村庄"步入文坛

刘亮程1962年出生于沙湾县黄沙梁村，那片黄沙与绿树交织的乡村土壤，培植了他的文学梦想。早年他是以诗人的面孔出现，曾是上世纪80年代著名诗人，并出版过诗集。他在文学界的名望与地位的确立当属散文集《一个人的村庄》问世之后。上世纪末，随着他接受中央电视台"读书时间"专访节目的播出，这个一脸沉思状、说话慢悠悠的文学爱好者,终于因他的天赋异禀、独特视角以及独具色彩的文学语言和他所传达出的深邃哲思,令数不清的读者为之倾倒。他成为国内文坛一位令人瞩目的作家,跻身于新疆专业作家行列,荣任新疆作家协会副主席。

《一个人的村庄》的问世,奠定了他在新疆乃至全国的地位。紧接着,他的作品不断推出,包括《虚土》《凿空》《驴车上的龟兹》《天边尘土》《库车行》《正午田野》等。

《一个人的村庄》究竟写的是什么,为什么会受到许多读者的喜爱?评论界公认,这部书籍塑造了人类共同向往的心灵家园,在后工业化社会大背景下,凸显了其醒世的人文价值,他也被誉为"20世纪中国最后一位散文家"和"乡村哲学家"。

刘亮程是一个善于思索的人,他的头脑里总是会冒出林林总总的奇思妙想,沉默寡言的他一旦侃侃而谈,必是语出惊人。他的可贵之处在于,他总是善于从生活的细枝末节里发现诗意,看见哲学的美妙光晕。这也是他所有作品的魅力所在。

就获得鲁迅文学奖一事,刘亮程表现得很淡定。他对记者说,十年前《一个人的村庄》就应该获奖:"鲁迅文学奖其实是一个阶段性的总结,有些文学注定是与获奖无关的。因为十年来读者已经把最好的奖励给了我!"

他言出有因,《在新疆》作品里就包括了《一个人的村庄》。他对新疆满怀深情,他说《在新疆》是他和新疆的一场相遇,这里的干燥、辽阔及多民族的生活环境,使他的相貌和文字都充满了新疆的气息。

现在刘亮程在写什么呢?

"现在我在写一部长篇小说《捎话》,已经写了三年,写新疆十世纪前的宗教战争。"这里面是不是有些禁忌呢?他告诉记者:"其实文学作品里没有禁忌,作家有能力把该表达的都表达出来,作家也有能力去化解一些限制,文学的意义本身就在于言不可言的东西,书写不可书写的,最后将之变成可说可言的东西。小说里的主人公是一头毛驴,和一个捎话的人。因为那时候,丝绸之路上来回经商的时候需要这样的捎话。"

"《捎话》是对那个时代的社会生活、宗教文化冲突等的呈现,意图给现在的新疆人捎一些话过来。从这个角度而言,古人其实还在现代人的生活里,所以回头看过往的新疆人的生活,这对现代的新疆人是有意义的。"

"写新疆生活,思考新疆问题,是我多年的写作主题。历史本身就像一棵大树,可以一千年开一朵花,千年后结一个果实,现在的新疆就是漫长年月里结出的一个果实。"

记者从他的一番话里,又一次看到了作为作家的刘亮程,总是在试图往深处挖掘新疆文化的路上,不懈地奋进。

刘亮程告诉记者,他还要写一部关于菜籽沟的散文书籍,因为在菜籽沟生活一年多,他又找到了写散文的感觉,在那里的乡村生活与以前的村庄记忆接上轨,可以与《一个人的村庄》一样好。

如果说他的《一个人的村庄》是早年记忆里的凭据,以一个人的胡思乱想为基调,是一个人的冥想,是虚拟的村庄;那么他进入菜籽沟已不像那时的幼年,依然有诗意,有缥纱,但是更加结实、厚实。他是从个人生活上对村庄的再认识,在文学上是再次想象,这次想象不同于《一个人的村庄》的是,一个人的村庄是靠片断,靠记忆完成。他说:"《一个人的村庄》里我梦想着有朝一日当上村长,现在这个梦想终于实现了,而菜籽沟其实就是摆在面前的真实景象,是我在菜籽沟种地,搞建筑,担任菜籽沟艺术村村长……我要慢慢去写这些。"

"一开始想法简单,我就是看到这个村子喜欢得不得了,想过一种'耕读'的生活。"

其实刘亮程一开始想法很简单,他就是看到菜籽沟这个村子喜欢得舍不得撒手。然而他也看见另一个现实:这座有400多户人家的村庄已经陆陆续续走了200多户,而留下来的老人很快就种不了地,也会随着儿女迁走,长此以往这个村子就废掉了。

他看在眼里,急在心上,于是就想把那些被村民空置的院落买下来,也去动员一些艺术家来买,他不能眼看着一座这么美的村庄慢慢地人走空了,村子没了人气。

菜籽沟位于木垒哈萨克自治县,山地与旱地麦田连绵起伏,景观奇美,是原汁原味的汉民族村落,具有旱耕文化的活态体系,又具有广阔的旅游市场发展空间。这是刘亮程看好这块地方的原因。

作为新疆作协副主席、著名作家,刘亮程的想法既简单又宏伟。而他又是一位并不只是耽于幻想的作家,他的行动力很强。

"我的初衷是保护这个村落原貌。我只是想耕读,来这里种地,读书,在大地上思考,读圣贤书。"这是他的向往。

他认为这是一个作家最好的学习与实践。

更重要的是,在这个村里待得越久,越激发了刘亮程的社会责任感,他发现村庄里有很多民间文化体系被毁坏,他想去恢复。一年来,他在村庄里修整书院,耕作土地,呼朋唤友,全国各地有不少艺术家买了这里的民居。这里人气日渐旺盛。他用行动在拯救一个村庄。

一年多来,菜籽沟因刘亮程付出的努力,正在发生喜人的变化。"以前一个商店都没有,现在有了,还冒出来好几家农家乐,给村里解决了就业,村庄建设的劳务收入已有上百万元。每个买了民居的艺术家要雇村民打扫庭院,其左邻右舍就都可以受益,从而激活了这个村庄,它的活力正在一点点地复苏、焕发。"

刘亮程已经把打理一座村庄,作为他写作之外另一项宏大的事业。小到种一片菜地、拾掇农家小院,大到筹建木垒书院、恢复文化遗迹、举办文化艺术奖项评选、开展一系列文化艺术活动以及一个个地复制高端乡村旅游产品。

耕读,恐怕是一个有着乡村情结的作家最美好的归宿,刘亮程寻寻觅觅多年,终于落脚在这个夙愿里。接下来,就是一点点去编织他梦想中的乡村景象,把自己的全部身心交付于此。

他觉得,在耕读与写作的进程里,他终于找到了幸福感与归属感。

而在实现梦想的途中,他也感受到了肩上沉甸甸的社会责任。他要用自己的一腔热情和聪明才智,去经营一座村庄,让菜籽沟这座村庄,像一棵古老的大树焕发生机,长出更多的绿叶,并且结出一个个鲜艳的果实。

"作家与艺术家去村庄,是回头认领祖祖辈辈留下来的传统文化,这些经过了千百年的生活方式和生活哲学,在村庄里还存在着,在城市里已消失的优秀传统文化在乡村还原原本本地保留着,那是中华文化的根脉。中国社会需要从村庄里反思整个社会现状,作家与艺术家需要从心灵上认领乡村,乡村也需要作家、艺术家把先进文化带到乡村去,那些健康的生活方式、先进的理念以及美学追求,都是对乡村的引领。"刘亮程如是说。

辽宁舰上的新疆女兵

在辽宁舰上服役的五位新疆女兵,回到了故乡。从离海洋最远的新疆,奔赴中国航空母舰"辽宁舰"当海军士兵,这是一次充满传奇的经历。

就让我们开始一段航程,去体味五位新疆女兵的人生滋味。

几经辗转,我见到了从辽宁舰退役的五位女军人,吐逊古丽·木合买提,玛尔哈巴·多力昆,买哈巴·阿力木,艾杰丹·乌斯满,苏比努尔·买买提。她们的平均年龄才二十刚出头。

看到她们,眼前一亮。她们的面庞,年轻,清纯,却有一种同龄人所没有的深沉与大气。

当这些年轻的新疆女兵第一次登上辽宁舰,见到了她们向往已久的大海,心情可想而知。

"第一次看到海,太激动了,觉得中国太伟大了!"她们激动地说。

她们都是2011年12月参军,2012年3月成为"辽宁舰"女舰员。一身的戎装,登上中国第一艘可以搭载固定翼飞机的航空母舰,全新的视角,让她们的人生从此改写。

这五位女兵,除了买哈巴已经大专毕业,其余四位都是在校大学生报名参军,退役后继续学业。吐逊古丽·木合买提和玛尔哈巴·多力昆,是新疆大学的学生。在辽宁舰上,她俩被战友亲切地称为"小古丽""小玛丽"。她俩准备继续报考国防生,重返辽宁舰。

"我特别向往大海,一看见大海一切不开心的事情都没有了,我总是对自己说:要努力,要坚强。"

小玛丽的父亲就是退伍军人,所以小玛丽也特别想参军,特别向往去做没有做过的事情,她说:"首届亚欧博览会我去当志愿者,与李克强握过手。"

"海上难忘的事情很多。"美好的回忆总是让她们一边感慨,一边陷入沉思。

小古丽的父亲一直很想让女儿当兵,当父亲得知女儿如愿以偿,满怀深情地对她说:"那么多的女孩子里能当女军人不容易,那么多女军人里能当海军不容易,而你又是去辽宁舰当航母舰员,就更不容易,所以要抓住机会好好努力。"

小古丽在喀什当兵的大弟不敢相信姐姐到辽宁舰上当海军,一个劲地问她:"真的吗,你怎么会分到航母上了?"羡慕得不得了。

而她的小弟认真地向姐姐表达了他的梦想:"我想当空军,这样我们家就'海陆空'全有了。"

家人的支持,更坚定了小古丽的斗志。在辽宁舰上,她和其他新疆姐妹们一样,刻苦学习业务知识,努力训练,尽快适应新的工作生活环境。

她们遇到的最大困难是专业学习。她们需要攻克的知识,是与学校有所不同的。一切都要从零开始。但是困难不会吓倒一颗颗年轻的心。有不懂的地方,她们就问班长,班长就很耐心地一个个讲,怎样做才是最好的。

小玛丽说:"我们遇到的最困难的事情就是专业学习,与学校不一样,而战友们都主动来帮我们,家人也给了我们很多鼓励,使我们能够经受住考验,圆满完成工作任务。"

值班时,战友们也总是关心地问:"小玛丽,最近怎么样啊,有什么困难吗?"

"首长、战友时刻关心着我们,就像我们的哥哥姐姐。"小玛丽接着话锋一转,"平时在家是父母帮助我们,而现在我们必须要自立。"

2012年9月25日,我国第一艘航空母舰"辽宁舰"正式交付海军,时任中共中央总书记、国家主席、中央军委主席的胡锦涛出席交接入列仪式并登舰视察,作为"辽宁舰"首批女舰员,她们有幸参与了这一历史性的时刻。那一时刻,小玛丽十分难忘:

"9月25日,我们第一次见到胡主席,胡主席和我握手,问我:你家在哪里?我说:我家在新疆乌鲁木齐。胡主席又问:当兵几年了?我说:快一年了。胡主席说:你们是首批维吾尔族女舰员,要学好技术,好好工作。我说:我们会好好努力,谢谢首长。"

2013年11月,五位新疆女兵同时被"辽宁舰"评为优秀士兵,玛尔哈巴·多力昆被评为"优秀一帮一舰员"。

"见到习主席的那天,是我的生日"

"8月28日,下着小雨,习主席来辽宁舰视察。那天,我们起得很早,认真做着各项准备工作,就要见到国家主席了,我在雨中,心里很激动。"小玛丽说。

小古丽回忆起辽宁舰上的经历,也一往情深地说:"那天,是我的生日,是第一次在海上过生日。"

"晚上,辽宁舰上,100多位战友为我唱生日祝福歌,听着听着,我的眼里满是泪水。"

"虽然那天很辛苦,但是心里却非常幸福。"

这个生日,对于小古丽非同寻常。晚上,她在日记里写道:"虽然今天爸爸妈妈不在我身边,我却特别激动,最难忘的是见到了习主席,战友们为我唱歌祝福,这是我21岁的生日,我会终生铭记在心里!"

这些震撼人心的时刻,让小古丽感受到巨大的鼓舞,她暗暗下决心:这是我自己的选择,再不适应也要坚持,我要努力改变自己。

小古丽面临的困难是双重的,她的汉语水平急需提高。她一边学习专业知识,一边学习汉语,她的班长一直都在教她。平时,她抓紧时间多看书,多练习。经过不懈的努力,她汉语表达能力和书写能力已是今非昔比,一口流利的普通话让她的业务水平也快速提高。

她说:"我从一名普通的大学生成为一名光荣的海军战士那一天起,以前那个娇气的我已经不复存在,取而代之的是一名肩负重任、勇往直前的女兵。能够为国家出一份力,我感到非常自豪。"

小玛丽和小古丽既是同学又是战友,她们之间有一种灵犀相通的奇妙机缘:在同一所高中读书,住在同一个宿舍楼,虽然并不认识,却不约而同地心怀着同一个梦想,而来到辽宁舰,成为亲密战友:

"我们俩是那种无论多苦都在一起的姐妹。"小玛丽说。

身穿迷彩服的小玛丽和小古丽,英姿飒爽。小古丽微笑着说:"同龄人关心的是穿什么衣服,怎么花钱,而我们关心的是怎么重返海军,关注的是中外军事动态。我们要好好表现,我们新的梦想就是在学校完成学业,把标杆军人的作风展示出来,重返海军。"

小玛丽也说:"我从一个普通娇气的大学生变得自立,坚强,我重新认识自己,改变自己,我会好好学习更多的文化知识,报效祖国,回到部队时成为一名更加优秀的航母舰员。"

"我们特别舍不得离开"

在辽宁舰上,既有严格的军纪,又有亲人般的温暖。令人感动的事情很多,点点滴滴,都印刻在她们的心坎。两年的军旅生涯,令她们对辽宁舰以及辽宁舰上的首长和战友产生了难以割舍的情感。

"战友们怕我们水土不服,对我们的照顾比一般人多,关心我们的人也很多。"

23岁的艾杰丹·乌斯满,现在是新疆财经大学金融系大二学生:"我哥哥就是军人,我向往军人生活。"

她回忆道:"我们第一次离开家,很远,战友们对我们像亲妹妹一样关心,有一次我晕倒了,队长背着我去医院,出水痘队长也陪护我,陪我逛街,买东西,让我开心。"

买哈巴·阿力木在部队住过院,女班长张翔一直陪护她。"她用刷牙杯一杯杯地给我倒水洗头,我很感动,因为从小到大只有妈妈给我洗过头。"

浓厚的战友情,也让他们亲如一家人。新疆女兵家里寄来葡萄干、巴旦木等特产,以及真空包装寄来抓饭、面肺子等,她们也送给战友们吃。

"他们很爱吃我们新疆饭。"艾杰丹高兴地说。

古尔邦节、肉孜节来临的时候,也是辽宁舰最热闹的时候。广播里会专门介绍这些节日是怎么来的,怎么过,播放维吾尔歌曲《麦西热甫》《离别的时光》等。节日气氛在特意举办的联欢会上达到高潮。每当此时,她们和战友们轮番表演节目。她们穿上民族服装,表演故乡的歌舞,表达对故乡的热爱,而战友们非常喜欢新疆歌舞,热烈的掌声和欢呼声在辽宁舰上久久回荡。

"每当过节,辽宁舰就会给我们发红包,做抓饭、大盘鸡、烤馕。"

"我们在辽宁舰上过古尔邦节,太开心了,首长慰问我们,战友们唱歌、跳舞、弹吉他,我们穿着民族服装,跳起名叫《美丽》的舞蹈。战友们都说新疆舞蹈特别好看。在春节联欢会上,我们也去给大家表演节目,热热闹闹过年。"

提起联欢会,姑娘们七嘴八舌地说着,美好的回忆依然令她们心潮激荡。

离别的那些日子,非常难忘,天天晚上广播里都播放维吾尔歌曲,战友们的手机里也存着这些歌曲,有空就听,有些歌他们也会哼了。

"当我们离开辽宁舰时,好多战友、首长来送我们,他们向我们敬军礼,目送我们离开……"

"离别之情是那么感伤,我们都哭晕了。"

一缕惆怅飞上她们年轻的脸庞。

小玛丽在日记里这样写道:辽宁舰的每个战友首长,我想你们,我爱你们每个人。

"一生中最宝贵的经历"

在辽宁舰上的经历,成为这五位女兵一生中最宝贵的记忆。在精英荟萃的中国航空母舰上,她们学到了很多,也见识了很多。在一个高起点上,她们的人生有荣耀,有磨练,有收获,也有喜悦。

21岁的苏比努尔·买买提在家里是独生女,稚气未脱,是新疆财经大学大一的学生,她说:"在辽宁舰上,大家来自五湖四海,在一起工作非常开心,所以我的性格也开朗了、活泼了。父母也感到非常自豪,他们总是鼓励我:我们是海军妈妈、海军爸爸,你好好干。"

她们从辽宁舰返回新疆以后,精神面貌焕然一新。

24岁的买哈巴也是家里的独生女,父亲就是军人,所以也梦想让她当兵。她大学毕业后,辞去空姐,报名参军。她说:"我以前比较娇气,当兵锻炼,是我这一生美好的经历,这段经历帮助我成熟,做事不草率,坚强了,自立了。"

她感觉到了自己身上的巨大变化:"现在从形体到走路、做事都很精神,回家后我妈说我以前的驼背、磨蹭、办事拖拖拉拉的毛病都改了。在部队,姐妹们在一起并肩作战,跑不动的时候拉着一起跑,相互陪伴,想家的时候相互安慰。"

艾杰丹也高兴地说:"回来以后整个人都不一样了,以前干事情磨磨唧唧,现在干脆利落,回家二话不说,自觉帮家里干家务,打扫卫生。因为是在部队待过嘛,想问题都是全方位去想,该怎么做心中有数,处理问题的方式也不一样了。"

"以前不怎么锻炼,体质不好,现在当兵锻炼以后,体能测验过关了。我们的训练比大学更严格,早中晚都要跑3000米,跑完以后,腿疼得走不了路。但是,我没有后悔过,我和姐妹们一起相互安慰,聊开心的事,经受了考验。"苏比努尔说。

艾杰丹扑闪着大眼睛说:"我用学到的知识计算出日出日落的时间,然后出海时去看日出,哇,太阳真的就在我计算的那个时间升起,我太激动了,很有成就感。我当兵以后比以前坚强了,以前遇到困难容易哭鼻子,现在自立了,勇敢了。"

"辽宁舰"的军旅生活,给她们的青春岁月留下了深刻而难忘的记忆,也使她们的成长历程多了许多同龄人所没有的历练与飞跃。

五位新疆女兵从体魄到心智,全都有了一次大的飞跃。

如今,她们正在谋划着美好的未来。

"我要努力为我的梦想加油!"小玛丽这句话,也道出了五位正值青春年华的姑娘们的共同心声。

一位新物种命名人的野外生涯

当一只毛茸茸的小东西冲他一探头的时候,额头上三条锈红色的花纹被它全身的灰毛衬出惊艳之美。他立时惊呆了:这是什么动物呢?像兔子又像老鼠,却比兔子和老鼠要美貌千倍。他屏住了呼吸。

那时候,他并不知道这次的意外收获标志着一种震惊世界的新物种的新发现,更不知道这种小动物会从此改变他的人生轨迹。他从一位医生"摇身一变",成了一位致力于环保的野生动物学家,获得全国五一劳动奖章、地球奖等殊荣。并且,在此后长达20多年的时间里,他的目光始终都在追随着它。

美丽的邂逅

直到今天,与这种稀奇而美丽的动物不期而遇的情景,在李维东的心里,依然记忆犹新。

那年是1983年,28岁的李维东作为新疆伊犁防疫站的医务工作者,在新疆伊犁尼勒克县北部的陶乌拉斯台山区进行鼠疫自然疫源地调查。夏季的一天,在工作结束后,他骑着马,花了一天的工夫,才翻过了一座山,来到加斯库勒湖旁的老牧民家。这次来,他是想看一看从未见过的加斯库勒湖。令他没想到的是这座大山后面还有一座更高的平顶山,美丽的加斯库勒湖就在两山之间。为拍摄到湖水的全貌,他们花费了3个多小时才登上这座四周全是悬崖峭壁的平顶山。

这座山是北天山西支婆罗科努山的一小部分,地图上称之为吉里马拉勒山,海拔仪测得的高度是3200米。正当他们站在悬崖边观赏加斯库勒湖的美景时,突然,附近的岩石缝里冒出一个小脑袋,一瞬间又缩了回去。这是什么动物?一种职业的敏感和好奇使李维东屏住了呼吸,等待着它再次出现。不知过了多久,那个小脑袋又探了出来。啊!那是一只全身灰色、又像兔子又像老鼠,额头和颈侧有三块棕色斑点的小动物。这是什么动物呢?李维东他们从未见过。

由于在野外期间,他们还肩负着调查该区域动物物种的任务,特别是啮齿类动物,必须得弄一只标本带回去研究一下。李维东举起了猎枪。随着"砰"的一声枪响,小动物滚到了石缝中,他赶紧跑过去,费了很大劲才把它取了出来,装入随身携带的鼠袋中。

回到老牧民的毡房,他掏出这只小动物,附近牧民看见它竟然都连连摇着头:"我们在这里放了几十年羊,从来没有见过这种小动物。"

这让李维东更加惊奇,也使得他更迫切地想弄清楚这到底是什么动物。返回单位之后,他立即开始查阅手头上的文献资料,所有资料都表明没有该物种的记载。为进一步定种研究,他又查阅国内外资料及标本,并通过自治区党委防治地方病领导小组办公室的刘恩铨同志将彩色照片寄给中科院动物所的马勇研究员

马勇研究员仔细看过照片后十分欣喜,他肯定了他们的猜测,说有可能是新物种,由于1号标本在国际分类学界不能排除个体变异的可能,他建议尽快采集2、3号标本。

动物命名优先权的原则是谁先发表命名权就是谁的,为防止这一动物的命名权被邻国学者抢先,他们加紧了野外调查的力度。

得到伊犁地区卫生防疫站领导的支持,由李维东带领科室的哈米提和马俊杰,从伊宁县蒙玛拉林场上山。这是他们搞伊犁鼠兔研究以来,第一次冬季上山。进山后,他们的八座车在下大雪前就撤了出去。他们在山里牧民家租了三匹马就上山了。第二天就下了场大雪,他们穿着皮大衣和军用大头鞋,沿着夏季的路线向天山主峰行进,雪深齐膝,山路险峻,顺着他们踏出的足迹,后面跟着的一只健牛不知何时不见了,后来老乡找他们的麻烦时,才知道那头牛顺着他们的足迹滑下山摔死了。天山很大,当天晚上一位叫乌拉斯汉的好心牧民收留了他们。在牧民的帮助下,李维东他们每天上山去寻找伊犁鼠兔。

沉重的防寒装备使他们付出巨大的体力来登山,后来找到一条能骑马上到海拔3200米处的小道,从那里上到平顶山的山头。这时,对于他们而言,最困难的是身着臃肿的棉服上下马,最难受的是解手,手冻得解不开裤子。就这样,他们在野外风餐露宿工作了一周,最终也没有找到伊犁鼠兔的踪影。回来的时候,他们搭乘林场给养车出山,为他们开道的推土机掉进了山沟。

当年冬天,他们组成考察队,从伊犁蒙玛拉勒林场进入加斯库勒湖附近的冬窝子牧场。那年的雪特别大,他们忍饥挨饿,爬冰卧雪,在不适宜野外工作的天气里仔细搜寻了近十天,遗憾的是,却没找到伊犁鼠兔。原本这里是伊犁鼠兔最西侧的一个分布区,但是此后他们再没有新发现。

1985年8月12日,他们调整思路,沿着山脉扩大调查范围,向东20公里在吉里马拉勒山东端的切柳赛沟口成功采集到两只伊犁鼠兔标本。

没想到，采到标本下山时，云雾笼罩在平顶山上，四周都是悬崖绝壁，他找不到下山的路，这一天他们没吃没喝。最后，他们用石块垒了一个小窝，躲在里面，头顶雨衣，在风雪地里哆嗦了一夜。那一夜，李维东觉得是那么漫长而难挨。第二天天亮时，他们都快冻僵了。

拖着疲惫的身子，他们终于回到山下营地。那天是8月15日，正好是李维东30岁的生日，同事们为他好好地庆贺了一番。年底，他带着制作好的标本和整理好的材料，平生第一次去北京完成了这项世人瞩目的大事。

人生新航线

就这样，一个新物种被发现，1986年他和马勇研究员将其正式命名为伊犁鼠兔，拉丁学名为：OchotonailiensisLietMa，1986。

伊犁鼠兔的新发现和命名，在中国大地引起了广泛的关注，当时新华社、中央电视台、中央人民广播电台在内的30余家国内主流媒体做了报道。作为新物种的发现者和命名者，李维东荣获了包括"全国五一劳动奖章"在内的诸多荣誉，成为有突出贡献的优秀专家。一时间许多国内外动物学界的专业人士纷纷来信来函，索取记述这一新物种的科学论文。由于该伊犁鼠兔独特的分类特征和外貌特点，其分类地位很快得到国际动物学界的承认。

后来伊犁鼠兔正式命名之后，他们得到伊犁地区科委的支持，立项开始了伊犁鼠兔的系统研究，为研究其冬季活动习性，他们多次冬季上山考察。

从此，李维东一发而不可收，为了研究伊犁鼠兔等野生动物,干脆放弃了主任医师的职位,跑到新疆环保科学院去了,开始了他的人生的新的航线。

经过几年的不同季节研究,他们对伊犁鼠兔的生态习性有了基本了解。一次在一号冰川的冬季考察后,地质部门的一位朋友惊讶地对李维东说,"这个季节我们都不出野外,你们还冒险上那么高的山峰啊?"这才让他们知道冬季是被人们称为不适宜野外工作的季节。

追踪伊犁鼠兔,李维东走遍天山南北,包括阿合奇的南天山,加上6个定位观测区的14个观测点,这些都是要长期观察的区域,所以野外工作时间和地点无法计数,只有这样才能把伊犁鼠兔的分布区搞清楚,伊犁鼠兔的20年变化也是从这些定位观测点中的长期观测中得来的数据。除了天山南北之外,周边山区他们也都做过大量调查,以排除其在其他区域分布的可能性。这些区域包括:博乐的阿拉套山、别珍套山,塔城的巴尔努克山,阿勒泰的阿尔泰山,奇台的北塔山,东天山上的博格达山,阿合奇、温宿、拜城、库车的南天山。行程数万里。

伊犁鼠兔的生存环境都在海拔很高、地形险峻区域,为了跟踪伊犁鼠兔所冒的风险也是不可预知的。在一号冰川,路很险,最可怕的是山上下雨后掉石头;在天山深处,雪深路滑,稍不留神,脚下就是万丈深渊……

得 与 失

"这么多年了,苦和累真还没想过,只觉得这工作做得开心。"

李维东痴迷于追踪和研究伊犁鼠兔,他的职业特点决定了他在事业和家庭之间只能选择事业。

"没办法,嫁了个老是要跑野外的防疫郎。"李维东的妻子只能这么无奈地跟别人说。20多年里,他们夫妻就只能在饱受相思之苦中度过。

有一次为了做伊犁鼠兔的研究,李维东走遍天山和阿尔泰山。那时候,妻子一个人带着不到5岁的女儿,还要上三班倒的班。由于野外条件恶劣,通讯不便,好长时间都得不到李维东的消息,妻子在家度日如年。整整5个月后,李维东才回到家,妻子见了,一下子扑过来,哭成了泪人。妻子一边哭一边问他:

"为什么这么久都没你的消息?你难道不知道我为你担惊受怕都快崩溃了吗!"

李维东多次都在不适宜出野外的冬季去考察,妻子最担心的就是他的安全。那时,李维东在野外往往一大早就要上山考察,晚上天黑才回来,根本没时间写信,长途电话也没地方可打。

此时此刻,李维东心里也是百感交集,他转身想抱抱好久不见的女儿,女儿却直往妈妈身边躲,一年四季几乎都在野外,孩子也跟他生疏了。看着孩子脸上傻傻的表情,他的心里真不是个滋味。

每当别人问他女儿:"你爸爸去哪儿了?"

女儿都会说:"我爸爸上山了。"

"上山干什么去了?"

"上山抓老鼠去了。"

在山上有十多个伊犁鼠兔定位观测点,得按时间上去观察,这是对一个新物种最基本的研究。

"嫁鸡随鸡,嫁狗随狗,嫁了狐狸满山跑。"李维东的妻子只好常常自嘲。

"内疚肯定有。我获得的全国五一劳动奖章有我妻子的一半。为了补偿家里,我尽了最大努力,培养了孩子喜欢野生动物和生物的爱好。"

李维东觉得，在可能的时候尽可能把过去没能做到的弥补上，这才是最要紧的。

这次他就带妻子出去到北京、山西等地转了一圈。以后有可能的情况下，他还想开着车带她看看全国的大好河山。

奔波了半辈子，他更加感受到家的温暖了。

追寻如梦

望着那些光秃秃的山石，我总在想：这里什么也没有，伊犁鼠兔吃什么呢？

我8月的一天，随世界自然基金伊犁鼠兔项目小组前往平均海拔3800米的一号冰川。

专家在近十年的科考活动中再也没见过伊犁鼠兔。伊犁鼠兔太少了，总数可能不及千只。我们这一次能不能与它谋得一面，得看我们的运气了。

伊犁鼠兔，就像梦一样，你能感受到它的存在；可是，你却无法预知能否与之相遇。

带队专家李维东用手指指眼前的山坡对我说："看，这些小家伙就喜欢待在大石头缝儿里，四周的草就是它的食物。"我远远望去，那些草细小得无法辨认。

"伊犁鼠兔怎么喜欢待在这么荒凉的地方啊！"我心里嘀咕着。专家说："这一个山坡撑死了有两三只伊犁鼠兔。它喜欢独居。"我望着那几个被冰川分割开来的山坡，那可是相距几千米呀，心里想："伊犁鼠兔万一想去串门，可比登天容易不了多少。"

秋季，正是伊犁鼠兔屯草之时，我们一大早就赶到伊犁鼠兔栖息地。雪后的一号冰川寒气逼人，我穿着羽绒大衣和羊绒裤还忍不住瑟瑟发抖。

忽然,我们在雪地上发现了一行爪印,李维东说,是伊犁鼠兔留下的!我的心一直跳:今天能见到伊犁鼠兔了。

雪地爪印给我们第一个惊喜

立刻,我们带着摄像机、照相机,蹑手蹑脚地往山坡下爬。

到处都是碎石,本来就险的山坡又被冰雪覆盖,雪和苔藓使脚下很滑,我只能手脚并用,以免失去重心。不一会儿我就开始喘了,仿佛刚刚长跑过。

在一块大石板上,一朵雪莲正在开放,在雪莲附近的石板缝儿里我们发现了几粒干燥的棕色的粪便,圆圆的,高粱米大小。目光再往里寻觅,我们找到了一些新鲜的和陈旧的粪便及尿液。

这就是伊犁鼠兔的窝。

可是,伊犁鼠兔去哪里了?我们悄然四顾,山坡寂静,在这里甚至没有找到伊犁鼠兔的爪印,雪地为我们提供了最有力的佐证。

伊犁鼠兔搬家了?我们只能得出这个结论。至于它搬到哪里去了,环顾四周,一个比一个荒凉的山坡,令我们茫然。

攀爬,使我突然感到头痛、胸闷,一阵阵恶心翻涌,我干呕起来。那一刻,我大张着嘴,喘不过气,觉得自己快死了,无论是站着还是坐着,都异常难受。同伴给我一块糖,告诉我:没事,这是高山反应。我在一块石头上坐了一会儿,觉得心脏好一些了,就艰难地爬回车里,半天动弹不得。

我们无功而返。

决定吃过午饭再去寻找。天公不作美,雨、冰雹、大雪,一阵紧似一阵。计划泡汤,正好给了我们休息的借口。裹着睡袋,我们尽情睡了一大觉。第二天,雨夹雪,我们根本无法出行。由于日程紧张，只能无功而返。

一个古老残留种群的悲哀

经过几十年艰苦细致的研究，李维东对伊犁鼠兔有了更多的了解，却也越来越感到心情沉重。

伊犁鼠兔，这个新物种发现后的20年间，它的生存环境发生了可怕的改变。

伊犁鼠兔的分布不仅仅是在伊犁的尼勒克县，沿北天山至乌鲁木齐一号冰川450公里处的山地都有发现。1988年时，伊犁鼠兔考察队在乌鲁木齐的一号冰川用了两天时间就成功活捕了一只伊犁鼠兔。

近年来，伊犁鼠兔栖息地的面积却越来越小。

多年研究表明，伊犁鼠兔在北天山是沿婆罗科努山、伊连哈比尔尕山和天格尔山的山岭分布，纵贯尼勒克、精河、乌苏、沙湾、玛纳斯、呼图壁、昌吉、乌鲁木齐、和静等县市山区。

虽然伊犁鼠兔是新发现的动物，但它实际上是一种很古老的残留物种，只是人们对它的认识太晚。

伊犁鼠兔栖息环境主要是天山山区海拔2800~4100米之间的裸岩区，栖息地植物特别贫瘠，气候相当恶劣。伊犁鼠兔的生活很简单，陡峭的山势、岩缝、岩洞是它们的主要庇护所，而山势陡峭、冬季不易积雪的大岩缝和岩洞则是它们过冬的家。恶劣的栖息环境及贫瘠的食物基地，加之众多的天敌和严酷的冬季气候，使得这一古老残留的动物数量和栖息面积逐渐减少。当伊犁鼠兔的种群数量和栖息面积低于种群存活的最低条件，即最小种群和最小生存面积时，将达到不可恢复的程度，这一物种就会从地球上永远消失。

在2002年历时3个多月的野外考察中，他们共调查了6个定位观测区的14个观测点。在天山1号冰川、精河县基普克山区和库车县铁里买提达坂3个定位观测区，考察组均发现为数不多的伊犁鼠兔的活动踪迹。

在尼勒克县伊犁鼠兔模式标本产地定位观测区，过去数量相对较多的3个观测点中，不仅没有发现鼠兔个体，连以往随处可见的鼠兔陈旧粪便也没有找到。只见到了鼠兔早年在洞穴岩石上留下的黄色尿迹。在呼图壁县，这里本应该有伊犁鼠兔分布的典型生境（生存环境），但也没有找到任何鼠兔的踪迹。值得庆幸的是，在沙湾与乌苏市交界处的巴音沟，鼠兔踪迹还比较多，与10年前的调查情况基本相同。

调查结果显示，与10年前的研究资料相比，在曾有伊犁鼠兔分布的6个定位观测区内，仅有1处保持原状，其它3处种群呈现减少趋势，已有2处定位观测区的鼠兔基本消失，其中包括伊犁鼠兔的模式标本产地。

根据野外调查的结果初步推算，伊犁鼠兔约减少了57%的栖息地，已由过去17.05%的占有面积降至7.31%，推测现存数量也仅有1300只左右，成熟个体少于930只，10年间种群数量至少减少了55%。

这次的考察报告，很快递交给有关部门。2005年，根据这次的评估结果，伊犁鼠兔作为中国特有种、濒危种被正式列入新出版的《中国物种红色名录》。

一个古老残留种群的消亡，原因不仅仅是单方面的。地球变暖、雪线升高、人畜惊扰、天敌危害，无不加剧了伊犁鼠兔的消亡。

为了保住伊犁鼠兔的最后的家园——一号冰川。李维东正在向政协提案，呼吁建立一号冰川自然保护区。

拜城模式能否引领新疆细羊毛产业崛起

在拜城县,长得像毛绒球一样的中国美利奴细毛羊可是当地的宝贝。要知道,去年在南京羊毛拍卖市场,一公斤新疆美利奴细毛羊拍卖价格达68元钱,比一般羊毛价格高出近四五倍。

作为拜城县的传统品牌,几十年来,拜城县细毛羊大旗不倒的原因是什么?拜城县的细羊毛生产、管理和销售模式给我们什么启示?经济效益如此高的拜城模式能否带动新疆其他细毛羊产区,引领新疆细羊毛产业的崛起?

积腋成裘形成品牌效应

当新疆其他细羊毛产区生产出现下滑之势时,拜城县种羊场却从1954年成立之初,历时半个多世纪,一直坚守着细毛羊的培育和繁殖,成为我国著名的"中国细毛羊之乡","萨帕乐"细羊毛享誉疆内外。原因究竟是什么呢?

拜城县委书记高克平向记者道出其中的因由:当地凉爽的自然气候适宜发展畜牧业,草场相对封闭,未被人为破坏。同时,国有企业管理体制使投入、品种都有保障。更重要的是拜城县历届领导重视,一直给予资金投入支持,把畜牧业作为农牧民增收的重要支柱产业来抓。此外,他们还拥有一支专业技术队伍,并在放养的基础上推行农区圈养。

据记者了解,现在,"龙头+基地+农户"的产业化发展模式正在拜城县形成气候,全县细毛羊产业发展呈现出养殖规模不断扩大、管理模式不断创新、羊毛质量大幅提升、市场体系逐步完善的良好态势,细毛羊产业已成为全县畜牧业经济的特色产业和优势产业,也是全县农牧民经济收入的主要来源。目前,全县养羊户达到2.4万户以上,细毛羊及改良羊49.06万只,优质细毛羊18万只。

尤其值得一提的是,拜城县羊毛品牌越来越响。2007年,全县产"萨帕乐"优质细羊毛312吨,连续五年创下细羊毛拍卖价格全国最高记录,被自治区羊毛协会确定为全疆四大"萨帕乐"优质细羊毛生产基地之一,1999—2007年共有1507吨"萨帕乐"品牌羊毛进入国际羊毛市场。

中澳合作提升羊毛品级

拜城县如今作为中国美利奴羊最大的品种繁育和生产基地,所亟待解决的问题是:提高农牧民素质和建立新的羊毛流通方式。

拜城县今年已经先后有两批农牧民接受了来自澳大利亚的专家培训,包括理论培训和实际操作培训。这些农牧民来自全县13个乡镇,其中83个农牧民和管理者拿到了分级员、剪毛手专业等级证书。这是澳大利亚-中国在农业领域的技术合作的ATC羊毛项目的组成部分,主要由澳大利亚昆士兰大学、中国农业部开发中心和南京羊毛市场组成项目组,在当地畜牧部门的配合下,对新疆拜城县农牧民进行现场培训指导。

该项目在拜城县还推行一种新的细羊毛流通方式,即剪毛和分级系统。新的羊毛流通方式将根据羊毛类型进行计价:即优毛优价,劣毛劣价。基本的目标是提高牧民生产积极性,刺激牧民改良品种、加强饲喂和生产方面的管理(如冬季穿羊衣),提高羊毛价值,增加牧民羊毛生产收入。

今年,有5000只细毛羊将穿上该项目提供的羊衣。农业部农村经济研究中心研究员赵玉田对记者说,这一中澳合作项目从去年开始实施,包括改善细羊毛流通体系,增加西部地区牧民收入,培训牧民机械剪毛手,帮助建立村级羊毛分级中心,给羊穿衣,推行机械剪毛,规范化分级包装,采用拍卖方式营销。

这种新的市场流通方式会更有效地加强牧民与加工企业的联系。农业部农村经济研究中心研究员赵玉田认为,通过这个中澳合作项目的实施,当地县委、县政府的积极参与,这种模式将对拜城县细羊毛产业产生巨大作用。这种模式可从牧区推广到农区,因为拜城县的49万只细毛羊大部分在农区,将项目培训延伸到农区,可提高细羊毛产业整体水平。

细羊毛产业化的差距

在拜城县做农牧民培训的澳大利亚专家万德博士告诉记者:"我作为细羊毛生产者,看到拜城县细毛羊个体很大,很壮,毛细度很好,是可用于纺织的很好原料,洗净率很高。但从世界细羊毛产业发展的角度看,还有需要改进之处。"

目前新疆细羊毛的产业化与国际上的差距在哪里呢?农业部农村经济研究中心研究员赵玉田指出:"差距在于细羊毛的后期整理,在剪毛和打包中出问题了,机械剪毛比例小,手工剪毛毛重减少和短毛损失70%,导致品质下降。此次由两名外国专家三名国内专家全程跟踪,变以往效率低的卧式剪毛为澳大利亚立式剪毛,先剪哪里后剪哪里都有讲究,不同的细度、长度、部位都要分级打包,分级销售才能卖出好价格。"

用低密度包装袋也是造成羊毛污染的主因。赵玉田说:"混入一根10厘米的化纤就可以造成500个以上的疵点,我们一吨羊毛要比澳毛低5000元,就是污染问题未解决,为此我们的项目要提供高密度的专用包装袋。"

此外,在流通体系上,成立专业技术协会和农民经济合作组织,按工业标准或萨帕乐标准生产后整理和流通,以彻底改变小商贩进村入户带来的诸如阻碍农牧民了解加工企业真实的信息,压级压价,损害农民利益,有时又哄抬物价,混级收购等等影响产业健康发展的弊端。

赵玉田说,中国是世界最大的羊毛市场,加工能力45万吨,70%~80%从世界各地进口。我国从1932年就开始引进高加索细毛羊,至今已有76年历史,中国羊毛产量占世界第三位,但羊毛生产呈现下降态势,我们正在开展的"澳大利亚-中国在农业领域的技术合作ATC羊毛项目项目"也是在拯救这一产业。他特别强调:拜城县的可贵之处在于可以带动原有产区的细羊毛产业重新发展起来。

拜城县细羊毛品质还在改进中,拜城县畜牧局局长阿合买提·达吾提表示,明年将建立比较先进卫生的澳式剪毛房,羊赶进待剪房,除净羊蹄上的泥沙,提高净毛率,机械剪毛、分级打包等统一管理模式都将推进一步。

拜城模式在变革中优化

在自然条件并不太好的情况下,拜城县的羊毛却卖出了全国最好的价格,奥秘在哪里呢?

新疆畜牧科学院研究员张继慈总结了三点:一是抓科技,

二是强管理,三是闯市场。他说,拜城模式把分散的一家一户、一乡一村小生产与日益整合的大市场对接了,最终使农牧民得到了实惠。拜城县先了解市场需要什么样的羊毛,再通过科技达到超细、毛长、整齐的标准。实践证明,这种模式是成功的。

在如何解决细羊毛产区以一家一户为单位,生产规模小,比较分散,难以应对日益规范的国内外市场需求的难题方面,澳大利亚专家万德博士在新疆考察调研之后提出,在新疆,可以因地制宜,以一个村为单位,其地理环境上接近澳大利亚同质的标准,相当于澳洲的一个牧场规模,进行统一管理就比较科学。每个村建立一个羊毛协会,建立羊毛分级中心,配置剪毛机、打包机等,一家一户分别过秤、分级,再统一打包,最后进入大市场,获得高收入。通过这种协会组织农民解决生产中的问题,统一培训,穿羊衣,效果很好。

拜城县委书记高克平表示,拜城县将通过5年努力,让农牧民增收36%以上。今年畜牧业投入1000万元,建立品种引进、培训、草料基地防疫体制建设、品牌树立打造、农牧业机械购置五大体系,准备连续几年这么投入。

国内外专家一致认为,经过10年的市场证明,拜城模式是成功的。新疆有23个细羊毛基地,如果都按照拜城模式发展,新疆细羊毛产业的崛起是完全可以实现的目标。

为梦想出发

新疆农民工东莞务工系列报道之一

在与新疆相距千万公里的广东东莞市,人们经常可以看到一些扎着五颜六色头巾的新疆务工姑娘,她们在这座现代工业密集的地区倏然转型,成为与现代社会关系紧密的产业工人。从此,一种与乡村截然不同的新生活展现在她们面前。

放眼新疆,自2008年全面部署农村富余劳动力转移就业工作至今,发展迅猛,涌现出21个劳务输出示范县,年均转移就业逾75万人次,劳务创收逾23亿余元,几乎占到全区的半壁江山。那么,经过几年的探索与实践,我们有必要思考的是,外出务工,对于新疆的农民究竟意味着什么,又究竟给他们带来了什么?

记者以在东莞务工的新疆农民工为视角,进行一次扫描式的追踪报道。

2010年12月上旬,记者在东莞市采访期间,接触了大量在这里务工的新疆农民工。他们中间,有刚刚到来正在办理入厂手续的,也有已经在这里工作和生活了一年半载、装扮格外时尚的,记者就从他们身上,看到了新疆农民工的昨日和今天。她们为梦想出发,人生从此揭开了崭新的一页。

仅在东莞市兴鹏鞋业有限公司,就有1000多名来自疏附县的新疆务工人员。长着一双黑眼睛的女青年阿尔孜古丽·艾买提虽然只有24岁,却显得老练持重,她正带领家乡的姐妹们在厂区照相,准备签合同。她在这个工厂已经工作一年,表现出色,合同期满后,回家乡疏附县,不到一个月,在她的感召下,又有50多个农民跟随她加入到疏附县政府组织的劳务输出团队,一起来到了东莞市。记者与她聊起来的时候,才知道早在2008年5月,她就曾经去惠州务工,算起来,这一次已经是她第三次外出务工。

"我以前帮妈妈种地,收入很低,后来外出打工2年就给家里寄了3万元钱,还有5000元存起来了。家里的土坯房拆了,盖起了混凝土结构的大房子,现在家里有3个电视机呢,还给弟弟买了摩托车。"她用汉语清晰地侃侃而谈,欣喜中透着一股自信。

"以前在农村就是靠父母,靠农田,现在出来打工,独立能力强了,增长了很多见识,才知道原来世界这么大,原来人还可以这样生活!"阿尔孜古丽感叹着。

"我刚到惠州的时候,面对陌生的世界,陌生的人群,很不习惯,也有些害怕,不过很快就适应了,学到了很多制鞋技术,现在一看鞋子就知道是什么料子,流程很熟悉,一上手就做得很好,科长一眼就看中了我,让我当班长,管理民汉30多个人。"

阿尔孜古丽担任班长以后,学会了如何处理上级与下属之间的关系,学会了如何给班组成员解决工作和生活中的问题和困难,学会了与人相处。

"员工有事都愿意找我,那么多人信任我,我很自豪。"

阿尔孜古丽已经写了入党申请书,她为自己订立了更高远的目标。

疏附县劳务输出办主任程鹏告诉记者:"我们也有意识地

从农民工中培养和选拔带队干部,阿尔孜古丽就是其中之一。"

阿尔孜古丽的成长与变化是颇具代表性的。在她身上,印证着劳务输出对于普通农民的深远影响。

变化时时处处都在体现。在乌帕尔乡农民工的一次游深圳活动中,作为班组信息员,21岁的吐尼莎古丽·塔什和25岁的阿依古丽·买买提跑前跑后,清点人数,帮助有困难的人背包,表现格外积极主动。乌帕尔乡副乡长梁迎春对记者说:"别小看这些信息员,她们都是业务骨干,工作勤奋,进步较快,觉悟较高,很珍惜出来打工的机会,班组的管理除了靠我们带队干部,还要靠这些信息员负责最基础的传帮带工作。"

疏附县作为劳务输出先进县,对外进行劳务输出最早是在2006年。经过几年的艰苦努力,劳务输出已经成为疏附县促进农民快速脱贫致富的一项重要产业。如今在外出务工人员中,第二次、第三次外出务工的农民,已经比比皆是,他们成为新疆务工队伍中的骨干力量,发挥着无形的示范带头作用。

为了实现梦想,一批批的新疆农民工走出田野,离开家乡,走向另一座城市,汇成了一支支劳务大军。学技术,见世面,多挣钱,创造富裕生活,是他们共同的心愿。当梦想如愿以偿,他们就成为后来者的旗帜。

共同书写精彩的一页

新疆农民工东莞务工系列报道之二

由政府组织、大规模地跨省输出劳务,都是少则几百人、多则上千人的团队,管理就变得至关重要。那么,如何管理一支刚刚离开农田、过惯了松散的农耕生活的团队呢?纵观几年来的实践经验,其中有很多智慧的结晶值得归纳总结和推广。

新疆向外劳务输出的一个显著特点就是由带队干部组织和引领。成败与否,带队干部具有至关重要的作用。带队干部不仅仅在生活方面要当好员工的"保姆",而且要摸清他们的不同脾性和能力特点,了解每个人的家庭状况,善于应对各种突然出现的问题并化解矛盾。同时,还要善于与当地政府和厂方沟通、协调与配合,才能带好这个团队。

记者在采访中了解到,仅在东莞市长安镇,就有疏附县、麦盖提县、阿合奇县等地的新疆务工人员几千人。在东莞市兴昂鞋厂,记者见到了麦盖提县的带队干部,他们是一对夫妻,艾则孜·亚库甫和阿依仙姑·阿吾提。2008年,他们夫妻俩就带领该县农民工赴青岛务工。去年6月,又带领415人来东莞务工。

艾则孜担任带队干部3年,积累了一套行之有效的管理经验。记者看到,他的宿舍被简单地隔成了两间,里边是"家",外边是办公室,墙上贴着415位兴昂鞋厂新疆籍员工的资料:照片、姓名、身份证号、工号、所在乡镇、宿舍、工作岗位,一目了然。他在新疆员工所住的6号楼和7号楼之间装了个喇叭,通知事情就变得很方便。他还有一个艾则孜专用章,专门盖在请假条上,新疆员工持有盖章子的请假条方可通过工厂门卫外出。在他的电脑上,还有新疆员工工资表、饭菜循环表、加班统计等等,都由他计算和计划。艾则孜负责员工白天的工作生活,到了晚上,员工的管理就全部由他的妻子阿依仙姑负责,每个宿舍有宿舍长,宿舍长解决不了的问题就汇报给阿依仙姑,由她负责谈心,解决思想上的疙瘩。夫妻俩分工明确,将400多人的务工队伍管理得井井有条。

在兴雄鞋厂,拥有来自全国的17个少数民族,是一个多民族的大家庭,新疆务工人员也是其中的组成部分,他们在这里与各族员工共同创造财富。

厂方负责人黎襄理告诉记者:"我们有38个分厂,7万多人,影响力很大,即便是金融危机期间,我们招工也不受影响,但我们很欢迎新疆政府有组织、有计划地大批输送务工人员,我们也希望新疆员工流动率更低一些,能够长期做下去。"

他高兴地说:"在厂里,我们与带队干部和新疆员工就是一个团队,我们的管理很成功。"

兴雄鞋厂专门印发维汉双语教材《新疆员工生活指南》,新疆员工人手一册,手册吸取了兴雄鞋厂的管理经验,图文并茂,作息时间、工资计算、岗位介绍、技术引领等等一目了然。员工经过15天培训,了解鞋面、鞋底以及成型等生产线操作技能,就可以上岗。

黎襄理说:"厂里建立了新疆员工平价小卖部,穆斯林节日专门拿出资金为新疆员工举办晚会,还组织新疆员工出去旅游观光,图书室、乒乓球室等等文体设施一应俱全,丰富新疆员工的文化生活。"

带队干部沙比尔·赛来对记者说:"这里有疏附县7个乡的务工人员,我就像哥哥一样对待她们,她们有困难都直接跟我说,我来解决。"

在兴鹏鞋厂,由于来自疏附县的新疆务工人员队伍庞大,有1000多人,于是,县里从各乡选派的带队干部就有六七个,每个人负责管理两三百人。这些带队干部同样清楚自己肩负的使命,工厂附近烤肉摊的烤肉不新鲜,王子映很细心地叮嘱员工不要去吃。赵江水土不服,浑身起满了疙瘩,头发大把地掉,她仍然乐呵呵地坚守岗位。阿依努尔一看到别人的孩子,就想念自己的女儿,她默默地把个人情感埋在心里,耐心地处理员工的事情。

程鹏作为疏附县在东莞务工农民的总带队,以身作则,他对于新疆员工的事情总是事无巨细,亲力亲为。他往往是最早一个起来,又往往是最晚一个入睡。由于忙于劳务输出工作,39岁的程鹏一年中大部分时间都在内地,婚期一再推迟。新疆员工见了他,就像见了亲人一样,现在,他要回去办婚事了,告别的时刻大家依依难舍。

2010年12月12日,听说程鹏要走,新疆员工自发地为他举办了一场告别晚会。晚会上,程鹏望着这些齐刷刷地站在他面前的新疆员工,热泪盈眶:"我就是你们的哥哥,你们的叔叔,无论我走到哪里,我的心都会和你们在一起!我元旦结婚,欢迎大家到我家做客。"新疆员工们激动地鼓掌,禁不住流泪,他们以歌舞的形式表达对带队干部的感激之情,纷纷表示,要珍惜外出务工的机会,勤奋工作,努力挣钱,回报党和国家,回报父老乡亲和待他们如亲人的带队干部。

应该说,新疆对外劳务输出的进程,就是一种合力的推进。

这里边不仅有农牧民自觉自愿意识的觉醒所带来的源源不断的劳务大军,也有输出地和输入地两地政府的大力支持,有企业积极有效的接纳与配合,也离不开带队干部在探索中逐步规范化的管理制度。在新疆劳务输出工程的鸿篇巨制中,他们共同书写了精彩的一页。

一种可喜的开放式格局

新疆农民工东莞务工系列报道之三

农村富余劳动力在转移渠道上,究竟是向外输出,还是就地转移?当农村劳务输出在全疆已呈现燎原之势的时候,一种必要的思考也在推动这项工程进一步走向成熟和规范化。

记者在调查中发现,在新疆的劳务输出中,这两种形式是并存的。各地州县市依据当地实际状况和条件,制定劳务输出策略和输出形式。记者在哈密地区、阿勒泰地区、塔城地区采访时,了解到当地的农牧民每年都要接受政府组织的免费技术培训,包括驾训、厨师、理发、汽车修理技术等等实用技术的培训,结合周边企业的用工需求,实行订单式培训与鼓励自主择业相结合,让当地农牧民就地实现就业。农牧民有了手艺,有了技能,自己创业当老板的逐渐增多,有的买车跑运输,也有的开饭馆或理发店等等,月收入能够达到一两千元以上。这种先培训后输出的方式,促进了农牧民就业与增收。

南疆地区情况不同,由于地处边远,耕地少,人口多,经济发展相对滞后,就地转移远远赶不上外出务工所带来的经济效益。正是在这种情况下,跨省劳务输出队伍在南疆地区逐渐壮大。

疏附县2006年7月首次打开赴内地务工的通道,成功组织输出200余人赴天津兰奇塑胶厂及天津东亨水泥预制厂务工。几年来劳务输出工作制度不断完善，县政府已成功组织38万余人到天津、江苏、杭州、河北、广东、山东、福建等地企业务工。实现由劳动者零散赴内地务工向大规模、有组织、有计划输出的转变，形成了党政一把手负总责、亲自抓，分管领导具体抓的工作格局。

疏附县2005年就被国家劳动保障部确定为全国劳务输出示范县，2007年"疏附劳务"获得全国优秀劳务品牌。随着劳务输出的实践经验日趋丰富，劳务输出品牌的影响力日趋扩大，疏附县实施劳务输出更居于主导位置，主动性更强。他们充分利用广东援疆契机，在广州周边地区建立了相对稳定的劳务输出基地，成为向内地转移就业的主渠道，已经呈现出择优选择务工企业的局面。

疏附县劳务输出办主任程鹏介绍："我们汲取几年来在天津、山东、广东等地劳务输出的经验和教训，把眼光锁定在了广东沿海发达地区。由于这些区域用工成本高，企业实力强，信誉度高，也使我们的农民工可以在更好的工作和生活环境下得到更高的劳动报酬。"

2010年12月27日，新年到来的前夕，疏附县当年第十五批农民离开土地，踏上了赴广东的务工之路。这一步，当地农民在几年前是想都不敢想的。现在，却已经得到民间的普遍认同：孩子中学毕业，就应该出去见见世面，多挣些钱，让生活过得更富裕。第二次、第三次外出务工的农民也已经是比比皆是。靠着外出务工的孩子挣来的钱已经盖了新房、添置牛羊、买了家用电器、摩托车等等更不是什么稀奇事了。

实践证明，外出务工，对于新疆农民工的影响是巨大和深远的，包括观念意识的改变、生活方式的改变以及一种承前启后的影响,对改变贫穷面貌更加有方向,有目标,有决心,也有了经济基础。

记者了解到,在喀什地区,劳务经济成为促进农民增收的主导产业,"走出家门打工"是当地政府积极引导和有序组织的富农之路。"转移有组织、求职有服务、就业有技能、权益有保障"的工作机制不断完善,构建了一条农业富余劳动力有序转移的"劳务经济"产业链。

劳务输出给新疆农民带来了相当大的经济实惠。来自新疆人力资源与社会保障厅的数据显示,劳务输出给新疆农民带来的收益占到人均收入的39%,一些地区甚至接近50%,经济效益显著。我区有组织转移就业的农民,年均收入一般在5000元以上;转移内地就业的,年均收入在8000元以上。

有组织有计划地开展劳务输出,所带来的社会效益也有目共睹。新疆务工人员在外地省市的迅速成长对后来者产生了巨大的"明星效应"。仅疏附县农民工就两次获得"全国优秀农民工"称号,并获得"全国劳模""中国青年五四奖章"等多种荣誉。崇高的荣誉也同时照亮了疏附县乃至全疆的田野村落,点燃了百万农民的光荣与梦想。广大农牧民过去那种宁可守着很少的土地在家受穷,也不愿外出务工的思想观念,已经发生了转变。

"一方面我们要充分利用新一轮的新疆大开发的机遇,有目的地将我区农村富余劳动力向新建设项目输送,另一方面,向内地输送富余劳动力应并行不悖。"新疆社科院社会学研究所副研究员吐尔文江·吐尔逊在接受记者采访时说,"中国农民的流动已经有20年,而新疆只有两三年,我们可以充分利用内地发展优势培养一批成熟的产业工人。更重要的是,在内地务工的农民不仅挣回来的是真金白银,而且打破了封闭群体的封闭意识,有助于了解内地的真实面貌,认知内地文化与社会心理,进一步促进民汉之间的认识和交流,加强民族团结。"

在东莞务工的阿依木古丽·卡德尔是2006年8月疏附县第一批去内地务工的农民,她在天津兰奇塑胶厂被提拔为班长,一个月可以拿到1500多元的工资。合同期满后,她回到家乡疏附县。然而在超市打工,只能挣700元。这促使她第二次、第三次踏上前往内地的务工之路。谈起在内地务工的感受,她告诉记者:"这里就是一所学校,我们学到了技术,学会了怎样做事,怎样做人,收获比在家乡多得多。"

记者在东莞市兴鹏鞋厂、兴昂鞋厂、兴雄鞋厂等企业采访时发现,姐妹、姐弟、夫妻、母子、母女等一起外出务工的现象随处可见。温文尔雅、落落大方的阿依木孜古丽·塔什,别看只有18岁,也已经有两次外出务工的经历。2008年,她就曾经去深圳打工,上班才两个月就拿到了最高等级8级工的工资,新员工都由她负责培训。她汉语水平提高,内地先进的观念使她变得成熟起来,做事不再缩手缩脚。她挣的钱帮助家里盖起了100多平方米的房子,她的16岁的妹妹和不少亲友都是在她的感召下出来务工的。不到半年时间,她和妹妹又一起给家里寄了1.6万元。妹妹比以前开朗了,挣的钱比姐姐还多。她的父母有6亩耕地,年收入也就三四千元钱,她和妹妹一个月加起来的工资就比父母一年的种地收入还高。

"出来务工,我的最大的收获就是有了生活目标,我回去要开百货店,妹妹回去开点心店,我们的日子会越来越好。"阿依木孜古丽已经为自己和妹妹的未来描绘了美好的图景。

自治区副主席艾尔肯·吐尼亚孜在自治区农业富余劳动力转移就业工作现场经验交流会上充分肯定了组织富余劳动力到内地特别是到对口支援省市转移就业,是增加农牧民家庭收入的一条重要途径:"农业富余劳动力外出务工,不仅开阔了眼界,解放了思想,转变了观念,而且学习了先进的生产技术和管理经验,增进了各族群众之间的了解和感情。这些务工人员回到家乡后,又施展才干投身于家乡建设,成为新农村建设的生力军。走出一个人、赚回一笔钱、富裕一家人、影响几代人,成为各族群众外出务工生动形象的总结和评价。"

他强调说:"特别是南疆三地州农民家庭从中得到了很多实惠,疏附县向广东、山东等省市转移农业富余劳动力、促进农民增收的经验,很具有代表性。组织到内地有规模、有实力和管理规范、技术先进的企业、名牌厂家务工,学习先进的生产管理技术和科学文化知识,把他们培养成我区开发建设的一支生力军。"

向外输出农业富余劳动力,就是一种积极的姿态,是一种开放式的格局,它让偏远闭塞的乡村从此有了动态的发展。当它张开怀抱,欣然地迎接外边的世界所带来的和煦春风的时候,一片新天地也将出现在他们眼前。

张智：一直沿着梦想的轨迹行走

当张智获奖的消息传来，人们一点也不奇怪。记者在克拉玛依采访的时候，在他的音乐工作室，在与他时间不长的会面中，当记者看到他将一把冬不拉琴极其娴熟地撩拨，将快乐的琴声传扬给周围的人们的时候，当人们着迷地聆听不舍离去的时候，看到他无比专注于音乐创作并且快乐地陶醉其中的时候，就知道张智早晚会实现自己的音乐梦想。

张智，一位年轻的从画家转型的音乐人，追随冬不拉已有多年。你能够从他的琴声、他的歌唱里找到属于新疆、属于草原的根。

张智，冥冥之中，一直沿着他的梦想的轨迹行走，有艰辛，有曲折，有彷徨，也有新的希望终为他点亮明灯。

张智四年级的时候，在南疆大涝坝小学放学的时候，路过一间教室，听到了一群女生在合唱一首张明敏的《拜访春天》，听得陶醉了，非常幸福地晒着太阳走回家。他第一次感受到流行音乐的震撼。随后，台湾香港流行音乐来袭，邓丽君、齐豫、谭咏麟、张国荣的唱片都令他爱不释手。后来一部电影《路边吉他队》掀起全国吉他热，他在初二时也终于有了一把吉他和一个方块录音机。于是他如痴如醉地抱着吉他弹奏，那民歌音符和和弦的鸣响都令他沉醉。每当碰见会弹吉他的人，他就去请教弹奏技法。听到任何乐器的声音，他都会心潮澎湃。那时候，他就有一个梦想,梦想有一天他也能够带着一把吉他,像美国牛仔一样走遍世界。

由于心存热爱,他开始寻找他喜欢的音乐片段或者吉他前奏,但当时在学校没有人会,也没有乐谱。于是他就用砖块录音机一个音一个音地抠,后来听说这是国外最好的教学方法,心中还暗自得意。渐渐地,他能够听一遍音乐就可以用吉他把和弦旋律弹下来。这一切,为他今后的音乐创作打下了基础。

后来他搬到克拉玛依,工作之余开始学习合成器编曲,开始写一些吉他片段,那时候受到吉他和弦节奏以及理论的局限,无法把想象力用吉他表现出来,这使他一直非常苦恼,几乎放弃了努力。就这样断断续续地,他开始创作歌曲。1996年他的好友新疆音乐人朱小龙和吴俊德在北京组建了舌头乐队。这个消息对于他来说是重磅炸弹,给他带来希望的曙光。1998年暑假他去了北京,开始找工作和学琴,从此开始确立他的音乐梦想与创业之路。

而他无论走到丽江,走到北京,走到深圳,走到世界的任何地方,都不会遗失的是新疆音乐元素,那是他的音乐标签,是他的乐风中不可缺少的元素,也是他的作品打动人心之所在。

张智为什么会对哈萨克音乐乃至其他民族音乐如此痴迷?

生长在新疆的他,骨子里热爱养育他的这片土地上的一切。他说:"听那些冬不拉弹唱,那像风吹过荒野、水流过山间的一种境界和意境,是土地赋予他们的。我为此着迷。"

那是最本真的东西,直接源自生命,所以也深深打动他。

民谣在路上。为了学习冬不拉,为了寻找更纯粹的哈萨克民歌,更纯粹的哈萨克乐手,他不惜辗转千里,探访民间艺人。当他历尽艰辛找到草原上最顶尖的冬不拉民间艺人黑扎提·塞依提汗的时候,当黑扎提听到张智如此娴熟地弹奏冬不拉的时候,他深深地被打动了。于是,那一天,黑扎提家的长条桌上摆满了点心果品,当然还有大块的手抓肉,大碗的酒。畅饮中,黑扎提与张智谈冬不拉的技法、冬不拉的旋律、冬不拉的音色,如逢知己,相见恨晚。

"我听不懂他唱的是什么,但就像草原上飞过的鹰和我身后流淌的喀什河,它们的经过本该如此,它们和我的相遇本该如此。"

每年,他都要去伊犁、博乐等地采风,听阿肯弹唱,也听蒙古长调:"我学到的主要是这些音乐的一种气质,这些音乐离我的初衷是如此的接近!"张智说到这里,不禁感叹:"很多的人都会忘记自己的出发地了。"

为了让新疆元素走出去,让更多的人了解和欣赏,张智组建了旅行者乐队,创作,演出。眼下,刚刚从美国和台湾演出归来的张智,获得了华语金曲奖最佳国语唱片和最佳民谣奖以及华语传媒最佳国语男新人奖。

张智说,他在美国的演出很成功:"因为美国和欧洲的人以前也是靠游牧为生的马背民族,我们的音乐让他们找到了虽然科技带来便利生活但却丢失了的自然的东西,所以演出后很多观众都和我握手。"由此,他也更加坚信,心灵通过音乐就能够相通,不需要语言。

他的第二张唱片《巴克图口岸》即将出版,加入了迷幻元素,与第一张唱片《尼勒克小镇》相比,有了更大的突破,运用了冬不拉、谢尔铁尔、曼陀林、手风琴、马头琴、口弦萨塔尔、弹拨尔,可以说是新疆乐器和世界音乐的一个结合。两张专辑都印刻了浓厚的新疆风味,包括草原绿洲、戈壁大漠。

张智认为,哈萨克音乐的节奏与爱尔兰和欧洲的音乐有很多相似之处,都是起源于马的节奏,而这种东西在新疆正是无价之宝。

张智骨子里就喜欢这样原始古朴的东西。他的创作源泉也在这里。

他是一位格外不拘泥于固有框框的性情中人,他在音乐上的自由驰骋以及游刃有余,让许多人羡慕。这种自由自在的境界,或许只有到了像张智这样数年来拼命努力而攀缘到的高度的时候,才会拥有。

新疆是一座富矿,他在这里找到了永远的家,也从这里,飞得很高。

冬不拉和哈萨克民歌究竟给张智的创作带来哪些营养?

张智对于冬不拉的感觉是很独特的。他说:"两根弦的冬不拉里没有欧洲的传统吉他的音阶,它省略了华丽的和声节奏,有一种很原始的力量和音阶,能够把你带入一个古老的国度,就像你在看一副岩画。"

"我承认我的音乐创作里有很多异族的文化的影响,除了哈萨克族的冬不拉、蒙古族的长调,还有柯尔克孜族民歌和姆库孜乐器以及西方的现代音乐和非洲音乐的影响。"张智如是说。这也让他的创作与演唱的风格与内容更趋于饱满,更富色彩。

张智说:"我很知足,有空气、清水和阳光,就很不错。因为物质带来的快乐不是真实的,很快就会消失,而另一种快乐是永恒的。"那是一种什么样的可以永恒的快乐呢?是浸泡在音乐里的人生的一种感觉。他就从那些千姿百态的歌唱和乐声里,找到了栖息之所。人就是因为有了归属感,心才能安定下来。他从那些音乐里找到了东西方文化交融的通道,也找到了抒发心语的途径。于是他带着已经融在他血肉里的音乐,走向世界。

他也是一簇光。他追寻民间音乐的那个景象,经由他的描述,也镌刻在我的脑海里:走啊走,辗转千里,穿越戈壁,路遇一位锡伯族店主帮他去找歌手,于是在刺目的日光下,他终于坐在阿克塔斯草原上,两个哈萨克人和一个维吾尔人正骑马向他飞奔而来。音乐无阻碍,汉族音乐人与民族民间艺人坐在了一起,不需要语言,只需歌唱,只需让冬不拉的美妙韵律在心与心之间穿行,一起沉醉,就足够了。那天,他们喝了12瓶酒,从中午直至半夜3点。那个一顿可以吃80个烤包子、吃得没了脖子的歌手,就和那些哈萨克民歌一起在他的记忆里成了酵素,留待在以后的时光里慢慢酿成酒。那天之后他开始学习冬不拉,并且痴迷。最迷人的地方还在于,他从冬不拉的节奏里发现它和爱尔兰及欧洲音乐的很多相似之处,都起源于马的节奏。他更惊喜地意识到,西方的布鲁斯节奏起源于60年代,而哈萨克在千年前就有这种节奏了,这是新疆的无价之宝。

他说:"我追求的是这些音乐的一种气质,这些音乐离我的初衷是如此接近,他们的民歌是像风吹过荒野、水流过山间的一种意境,那是土地赋予他们的。"藉此,以后的岁月里,不光是冬不拉,还有马头琴、库木孜、长调等,连同西方现代音乐和非洲音乐,都在他的音乐里杂糅。民谣和民族音乐的创作与收集,让他在追寻自己向往的"游牧"生活进程里,找到了属于自己的生命节奏。

当他发现越是接近草根的文化,越有味道,发现好的民歌是人们在劳动耕作时、牧归时吟唱的歌曲,他就在这种草根的清新气息里流连、呼吸、吟唱。

那是我所羡慕的一种生活状态,从一个图画老师,一步步地,在20年的蓄积中,羽化为一名可以与世界对话的音乐人,做自己喜欢做的事情,并且做出了样子,幸福的光就这么照在了他的身上。

他说:"幸福的光其实照在每一个人身上,因为我们的一生其实就是在废墟中寻找恒河的宝石,我经常在想一个乞丐和一个金矿的老板实际寻找的是一样的东西。"

张智追求的是像民歌一样的一种境界,就像风吹过荒野、水流过山间的一种境界和意境,这是土地赋予他的。